岩波文庫

31-208-1

竹久夢二詩画集

石川桂子編

岩波書店

目次

詩

波は
淘去し淘来せり。
人は、
いづこより来り
いづこにかゆく。

『夢二画集　春の巻』

夏の頃、
とある宵に。
君と逢ひけり。
灯の街の
とある小路に。
君と別れぬ。
かりそめなりき、
淡きかなしみ。

赤い日が、大きく雑木林の上
に落ちた。
静かに暮れてゆく東京の街を
見やると、何とも言ひしれぬ
騒音がぞよめいて耳にしみる。
日の終り！
世の終り！
あの赤い日が、もう、出なく
なることはあるまいか。

御殿場七月二十三日。
雷が鳴る。
子供の時のように、たゞもう訳《わけ》もなく怖い。
烈しく鳴つて来る時などは、一人で居られ
ないくらいだ。誰かの手でもしつかりと握
つてゐたいとおもふ。
幼年の頃は、泣《なき》ながら母の袖蔭にかくれた。
少年の頃には、父に抱かれて、心強かつた
けれど。
青年の今は、孤独《ひとり》だ。

心ゆくばかり
泣けないなら、
せめて
泪《なみだ》の出るほど
笑つてみたい。

いざよいの晩、
私は泣きながら生れた。
その時、みんなは笑つた。

死ぬ時には、
私笑つてゐ
たいとおもふ。

そして、みんなを
泣かせてやりたい。

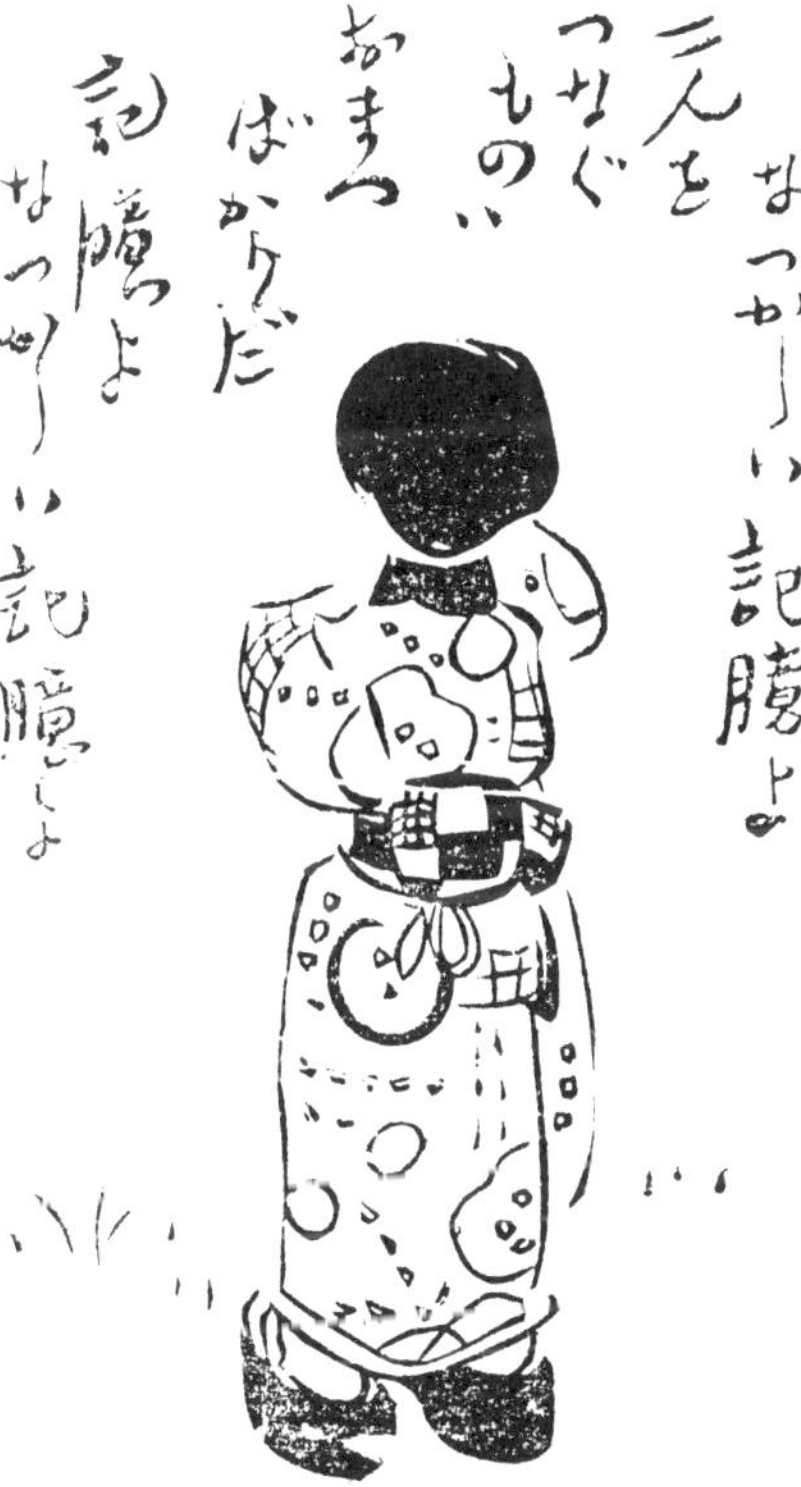

『夢二画集　夏の巻』

恐

暗い街の彼方より、靴音《くつおと》が聞える
幾百の跫音《けいおん》が一斉に響く
剣と剣との相触るゝ音
獣《けだもの》のよふな吐息
軍隊が来るのだ！
灯も星もない暗い街の
最後の安眠！

野にて

『何故お嫁《よめ》さんを貰《もら》はないの』
と藤ちやんが尋ねる
『誰も来てくれないから…………………藤ちやんが
来てくれると好いけれど』
といふと
『だつてあなたのお家《うち》がわからない
んですもの』あゝ、家か、家か、
バカボンドは遂に孤独だ。

窓

萌黄色の幕をたれた担架が長い街を通つて駒込へ運ばれた。途々、『暗い、暗い。窓をあけてくれ、窓をあけてくれ』と病人は言ひつゞけた。担架を荷いた男は黙つて病院へ連込んだ。大きな八つ手の葉がばざツと落ちたのを病人は聞いた。川に映つた月影は、堤を歩む自分よりは先をゆく。その月影と並むで歩みたいと思ふて、急げども、急げども、追付けなかつた。幼時の追憶は常に現実を超越してゐる。科学は無謀な企てを笑ふであろうが、今も尚、僕はこの愚かな望みのあとを追ふて走つてゐる。

鶴巻町の四月の夜

福助色のカーテンが揺れて、
支那料理のパンからのぼる煙がさ
まよふ。ガランス色の広東酒《カントン》の瓶
が七つある――一つ倒れた所から
女の腰から上が見える。
葉桜の幹へ、太い白い腕をついて
泥溝《どぶ》の中の赤い茶碗の片《かけら》を
見てゐる。
彼女は、ちいさい時
朝顔の花を描いた茶碗で
飯をたべた。
桜の葉から毛虫が泥溝へおちた、

ちいさい波が、茶碗をかくした。
何んでか、
悲しかつた。それが
ボアオーと
破れた肺から洩れる
獣のうめきのよふな汽笛が鳴つた
神戸へ船がついた。
長い桟橋を
紅白の桜を散らした
日傘が二つ並むで歩いた。
明治三十八年七月二十八日

小さな秘密

小さな犬が街を歩いて居た。
小さな蟻がおなじ街を這ひまわつて居た。
犬はかゞむで蟻の前へ鼻をおツつけた。
蟻も伸び上つて犬を見た。
すぐ話はすむだ。
犬はまたすたこらと歩き出した。
蟻もちよこ〳〵と這ひ出した。
その話を聞《きい》たものは昼の星ばかりだつた。

『さよなら』

子供の世界より

何故《なぜ》お父様《とうさま》は王様にならなかつたの？
何故机の脚には膝がないの？
何故母様《かあさま》は私より大きいの？
何故人形が女の子にならないの？
何故猫は人のよふにして歩かないの？
何故子供に名があるの？
何故私の名はテル坊つていふの？
何故甘《おい》しい物を沢山《たくさん》食《たべ》るとキイ〳〵になるの？
何故林檎《りんご》は木になるの？
何故ナイフで物が切れるの？
何故日が暮れるの？

子供の世界より

花のゆくえ

ほろり　ほろり　と、花がちる。
花にゆくえを聞いたらば。
空へ舞ふのは、蝶《てふ》になる。
海へ落ちれば桜貝《さくらがい》。
花はのどかに笑ふてる。
ほろり　ほろり　と、花がちる。

『絵物語　小供の国』

花のゆくえ

月のうた

海がぴか〱光つた。
月がとろ〱流れた。
えんや〱と船がよる。

月のうた

悲しい『さよなら』

白い顔が、
だん〳〵ちいさくなつてゆく――
桃色のハンカチーフが
ヒラ〳〵とうごいた。
あ、それも、もう見えなくなる――
泪《なみだ》の中に、黒い列車が浮いて見えた。
『さよなら…………』

悲しい『さよなら』

岡の記憶

夕《ゆふ》ざれば
うつら〳〵と月見草《つきみくさ》
わがたつ岡に咲きにけり。

夕されば
しみ〴〵と手をとりて
わが胸に君は泣きけり。

夕されば
なつかしき、泪《なみだ》のうちに
別れてし岡こそうかべ。

西へ西へ

遠き昔の　物語
春は暮れゆく四国路を
ひとりとぼ〳〵小巡礼《こじゅんれい》
『何処《いづこ》へゆく』とたづぬれば
『ゆくえもしらず別れてし
母をたづねて来《こ》しかども――』
『その母君《はゝぎみ》はいづこにて
御身《おんみ》のうへをまちたまふ』
『ゆくえは　さらに白雲《しらくも》の
世界の果《はて》の常春《とこはる》の
たのしき町に　母上《はゝうへ》は
ゐたまふ由《よし》を　三井寺《みゐでら》の

西一西一

僧都《そうづ》はわれに教へけり。
されば夜《よ》も日《ひ》も　ふだらくや
鐘を鳴らしてたづぬれど——
世界の果《はて》は見えもせず』
『ある時　人に聞きけるは
世界の果は日の落つる
西の空ぞとおぼえけり』
『やさしき君よ
いざさらば
暮るゝにはやき春の日も
旅ゆく身にはいそがるゝ
幸《さち》あれ君よ
いざさらば』
泪《なみだ》のうちに　巡礼の
後姿は消えにけり。

兎《うさぎ》兎《うさぎ》

兎よ　兎
おまへの耳は
何故《なぜ》そんなに長い。
枇杷《びわ》の葉をたべて
それで耳が長い。

うさぎ

山の彼方《かなた》

(姉君《あねぎみ》よ
山の彼方は　いかなる国ぞ)
(妹よ　山の彼方は常春《とこはる》の
小鳥の歌と　花の香《か》の
夜《よ》もなき国と聞きにけり)
(母君《はゝぎみ》よ
山の彼方は　いかなる国ぞ)
(いとし児《ご》よ　かの山蔭《やまかげ》は常暗《とこやみ》の
鬼と蛇《じゃ》の住む　悪《あく》の領《りょう》

人のゆくべき国ならじ）
（兄君《あにぎみ》よ
山の彼方は　いかなる国ぞ）
（我妹子《わぎもこ》よ　峠を越せば七彩《なゝいろ》の
空に虹あり　地《つち》に恋
いとしきものよ　いざゆかむ）
（父君《ちゝぎみ》よ
山の彼方は　いかなる国ぞ）
（愛娘《まなむすめ》　彼処《かしこ》こそ世《よ》の果《はて》の
流るゝ川も　森もなく
『無限』へつゞく沙漠なり）

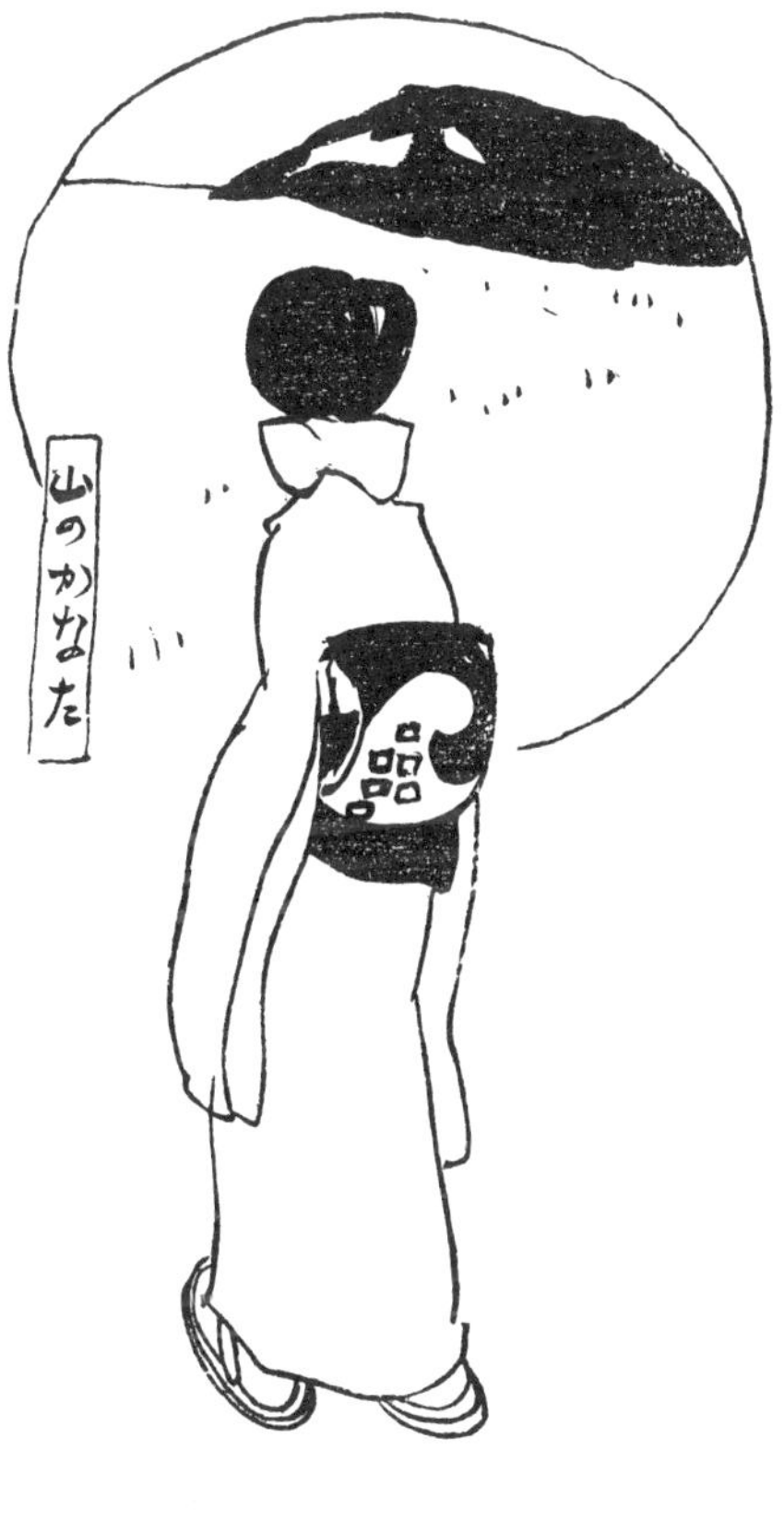
山のかなた

夜を待つ人々の群は
今日も今日とて
池のほとりの切株に腰かけて
駱駝の如く懶惰に
虎の如く放逸な
空想に耽つてゐる。

『夢二画集 都会の巻』

夜をまつ人々

夏のかはたれ

一《ひ》や
二《ふ》や
お駒《こま》さん。
煙草《たばこ》の　けむりは
丈八《ぢやうは》つあん…………
とん〳〵とんとつく手鞠《てまり》。
白い指からはなれて見れど
未練が残るといつたよに
やるせないよに往来《ゆきき》する。
ゆら〳〵ゆれる伊達帯《だておび》から
江戸《えど》紫《むらさき》の日が暮れる。
三《み》や

四《よ》や

夕霧《ゆふぎり》さん……………

青い窓

隣《となり》のとなさん、何処《どこ》へいた。
向ふのお山へ花摘みに
露草《つゆくさ》　つら〳〵月見草《つきみぐさ》。
　一枝《えだ》折《お》れば、ぱっと散る
　二枝折れば、ぱっと散る
　三枝がさきに日が暮れて
東の紺屋《こうや》へ宿《やど》とろか、
南の紺屋へ宿とろか。
東の紺屋は赤い窓、
南の紺屋は青い窓。
　南の紺屋へ宿とれば、
夜着《よぎ》は短かし夜《よ》は長し。

うつら〳〵とするうちに
青い窓から夜があけた。

ゆびきり

指をむすびて「マリヤさま
ゆめゆめうそはいひませぬ」
おさなききみはかくいひて
涙《なみだ》うかべぬ。しみじみと
雨はふたりのうへにふる
またスノウドロップの花びらに。

ゆく春

くれゆく春のかなしさは
白髪《しらが》頭《あたま》の蒲公英《たんぽぽ》の
むく毛がついついとんでゆく
風がふくたびとんでゆき
若い身そらで禿頭《はげあたま》。

くれゆく春のかなしさは
薊《あざみ》の花をつみとりて
とんとたたけば馬がでる
そつとはらへば牛がでる
でてはぴよんぴよんにげてゆく。

くすり

雪はしんしんふりしきる。
炬燵《こたつ》にあてたよこはらが
またしくしくといたむとき。

雪はしんしんふりしきる。
しろくつめたき粉ぐすり
熱ある舌にしみるとき。

雪はしんしんふりしきる。
黄《きい》な袋の石版《いしずり》の
異形な虫のわざはひか。

雪はしんしんふりしきる。
銀ぎらぎんのセメン円《えん》
とのもは雪のつむけはひ。

宵待草《よひまちぐさ》

まてどくらせどこぬひとを
宵待草のやるせなさ
こよひは月もでぬさうな。

宵待草

夏のたそがれ

タンホオルの鐘が
さはやかになりいづれば
トラピストの尼《あま》は
こころしづかに夕《ゆふべ》の祈禱《いのり》をささげ
すぎし春をとむらふ。

柳屋《やなぎや》のムスメは
はでな浴衣《ゆかた》をきて
いそいそと鈴虫をかひにゆく

――夏のたそがれ。

夏のたそがれ

たそがれ

たそがれなりき。かなしさを
そでにおさへてたちよれば
カリンの花のほろほろと
髪にこぼれてにほひけり。

たそがれなりき。路《みち》をきく
まだうら若き旅人の
眉《まゆ》の黒子《ほくろ》のなつかしく
後姿のなかれけり。

見知らぬ島へ

ふるさとの山をいでしより
旅にいくとせ
ふりさけみれば涙わりなし。
ふるさとのははこひしきか。
いないな
ふるさとのいもとこひしきか
いないないないな。
うしなひしむかしのわれのかなしさに
われはなくなり。

うき旅の路《みち》はつきて

あやめもわかぬ岬にたてり。
すべてうしなひしものは
もとめむもせんなし。
よしやよしや

みしらぬ島の
わがすがたこそは
あたらしきわがこころなれ。

いざや　いざや
みしらぬ島へ。

まだみぬ島へ

白壁へ

ふたりはかきぬ。
「しらぬこと」
ふたりはかきぬ。
「よろこび」と
ふたりはかきぬ。
「さよなら」と。

悪縁

そなたばかりが
女ぢやないが。

売られてきた夜、人形を
泣くなくだいてそひぶしの
かみなりさまがこわいとて
より添ふたのが縁となり
それなりけりになりにけり。
そなたばかりが
女ぢやないが。

黒船

品川の
お台場《だいば》こそは悲しけれ。
千年万年まつたとて
どう黒船のくるものぞ。

くわんのんさま

浅草の
くわんのんさまも　あいそがつきませう。
――ひとになさけはかけまいもの。
願《ねがひ》のすじも今ははやござんせぬ、
一銭がほど　おかげをおくんなさい
ぶらりとさがつた大提灯か
――わたしのこころか。
(鳩に豆なんかやるのはおよし。)

わたしの鳩は
まめをたべるとすぐかへりました。

お寺の鐘

印度茶《インデアンレッド》の夕日は
しづやかにしづみゆく。
黒き老杉《らうさん》の木の間へ
日本のお寺の鐘は
暮れよつの時をつくりぬ。
恋人よ、
いざ夕《ゆふべ》の祈禱《いのり》せむ。

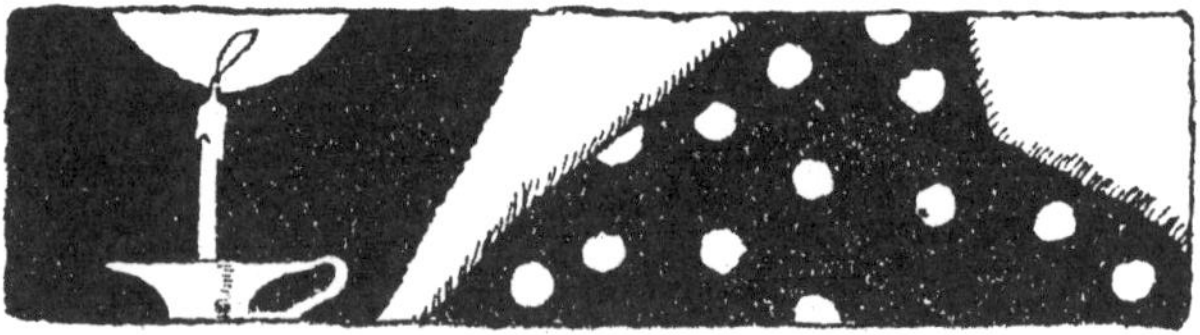

『夜の露台』

恋慕《れんぼ》夜曲《やきよく》

いつはしも恋《こ》ひぬ時とはあらねども夕《ゆふ》かたま
けて恋《こひ》はすべなし

いはれなき少年の時の悲哀《かなしみ》のごとく
黄昏《たそがれ》は街《まち》をつゝめり。
路傍《ろばう》のプラタナスは葉をたれて
遠くはるかなる子守唄をきく。
悔悟《くい》と倦怠《つかれ》との闇のうちより
そこはかとなく咲きいづる花のかず〳〵。
七夕《たなばた》の夜《よ》に見つる灯《ともしび》の色
宵宮《よみや》の日に見つる灯の色
芝居の幕合《まくあひ》に見つる灯の色

かぎりなくほのかなる夢の花。
涙ぐみし睫毛《まつげ》のひまに
光りては消えゆきし
忘れたる不可思議の夢
やさしくも甦る。
東京の夜《よる》こそ悲し。

街を流るゝ堀割《ほりわり》の水は
三味《さみ》の音《ね》と昔の唄とをのせ
恋人の髪の香《か》のごとく
ほのかにやさしく忍びよるなれ。

少年の門辺《かどべ》を過ぎし巡礼の娘《こ》は
鉦《かね》たゝきはる〴〵と行《ゆ》きやゆきけむ。
「黒髪《くろかみ》」の唄の節《ふし》われに教へし
眉青《まゆあを》き人のたづきやいかならむ。

あはれなる性《せい》の懐郷病《ホームシック》は
やるせなく佗《わび》しくさしぐむ。
若く愚《おろ》かに
あとなき夢を追ひてさまよへる
東京の夜こそ悲し。

街灯

巷《ちまた》をゆく男よ、女よ。
街樹《がいじゅ》を吹く風も、街《まち》の上の空も
この若者の悲哀《かなしみ》にかゝはりもなし。

巷にて彼《かれ》に行逢《ゆきあ》ひし友よ。
いま若者の心は悲哀《かなしみ》に充《み》てり
手をとらば涙あふれむ。
悲《かな》しめるものは、ひとり、ゆくこそよけれ。
悲哀《かなしみ》の、いや、果《はて》まで歩みゆかしめよ。
悲哀《かなしみ》のつくる日なきごとく……。

エプリフール

夜《よる》は喪服をひきてすぎ
白き光のしのびきて
かなしき床《とこ》をさしのぞく
エプリフールのつぎの朝《あした》。

やさしきことのかずくも
エプリフールの宵《よひ》なれば
嘘《うそ》も誠《まこと》も薄情《はくじやう》も
今朝は忘れてあるべけれ。

されどほのかに、やはらかく
みだれて散りし髪の香《か》は

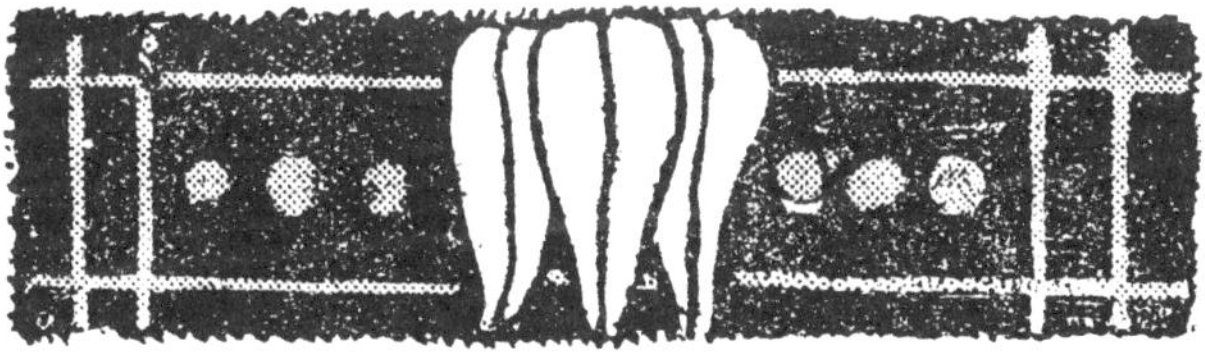

嘘のなかなる誠にて
忘れであらむいつまでも。

ためいき

わかきふたりは
なにもせずに
なにもいはずに
ためいきばかり。

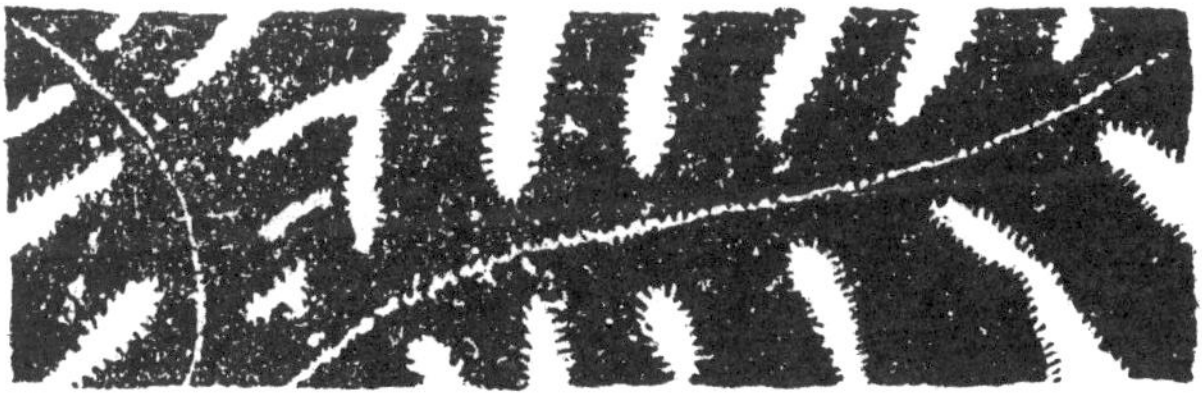

ゆく水

ゆく水の心ひとはしらなく
わが心きみしらなくに。
ゆく水は水、君は君。

『夜の露台』（改装版）

接吻《せっぷん》

「過《あやまち》なりや」
「いな〳〵いまは
身《み》も霊《たま》もきみのものなり」
涙のひまに
人のいふ。

礼《らい》拝《はい》

果実よりなほさわやかにあたらしく
春の草よりかろくよりそへるもの
はだえにかんじ

礼拝すれば涙ながるゝ。

揺《えう》籃《らん》

清く悲しく
今日《けふ》も暮れにけり。
窓掛《まどかけ》のかなたより
ながれいるは楽《がく》の音《ね》か
言葉なき子守唄。
わが霊《たましひ》は揺れゆるゝ

窓近《まどちか》き青葉の風の揺籃《ゆりかご》に
やさしく涙ぐめる心は
嬰児《みどりご》のごとく
静かなる睡眠《ねむり》に入《い》るなれ。

清く悲しく今日《けふ》もありけり。

聖母へ

サンタマリヤ
この子とこしへ君に似て
清く寂しき
処女《をとめ》ならしめ。

寝床《べっど》

白きふし床《ど》に
聖《きよ》く寂しく横《よこた》はる

性《せい》はわびしく
遺伝はかなし。

されど健《すこや》かに
聖《きよ》くし寂しく
逢ふ日まではあらむ。
かくも思ひさだめて
ふかく睡《ねむ》れる
夜《よる》の床《とこ》の
性《せい》はわびしく
遺伝はかなし。

越し方

不幸ではあつた。

だが幸福《かうふく》でなかつたと
どうして言へよう。
誰《たれ》に言へよう。

求《く》　願《ぐわん》

与へられぬことを恨むまい。
心からほんとに
すべてを捨てゝ
求めたことがあつたと言へるか。

恋

ある時は、歓《よろこ》びなりき。

ある時は、悲しみなりき。
いまは、
十字架。

巷《ちまた》の風

風がひとり
巷の坂をのぼるなり
風にさそはれて
あゆむ心か。

蘇《そ》鉄《てつ》

蘇鉄　蘇鉄
大きな蘇鉄
何を食べて太った。
釘《くぎ》を食べて太った。

駱《らく》駝《だ》

I

のらりくらりとしてゐたら
神様にしかられて
背中をしこたまなぐられた。
それで駱駝は瘤《こぶ》だらけ。

駱駝

II

駱駝の楽助《らくすけ》さん
なんで首が長い。
なんにもせずに寝てゐると
あんまり日が長い。
それでひだるて長い。

雫《しづく》

電信の針金わたる露《つゆ》の玉《たま》
一つが走ればまた一つ
あとから〳〵走りゆき。
まん中《なか》どころへくる時は
二つの玉が抱き合つて
はかなく消えて落ちてゆく。
消えるものとは知りながら
みないさぎよく走りゆく。

雪

赤いわたしの襟巻《えりまき》に
ふはりとおちてふと消える
つもらぬほどの春の雪。
これが砂糖であつたなら
とつてわたしは食べよもの。

大きな音

世界中《ぢゆう》の水が
みんな一つの海だつたら
どんなに大きな海になるだらう。
世界中の木が
一本の木になつたら
どんなに大きな木になるだらう。
世界中の斧《をの》が
一つの斧であつたら
どんなに大きな斧になるだらう。
世界中の人が
一人の人であつたなら
なんてまあ大きな人になるだらう。

そしてその大きな人が
その大きな斧を持つて
大きな木を伐倒《きりたふ》して
大きな海へ投込んだら
どんなに大きな音がするだらう。

日《ひ》暮《ぐれ》

約束もせず
しらせもなしに
鐘が鳴る。

約束もせず
しらせもなしに
泪《なみだ》が出る。

お月様

月は広間の時計のやうに
大空《おほぞら》に高くぽかんと掛《かゝ》つて
塀を攀《よ》ぢる盗人《ぬすびと》や
教会の尖塔や港や岡や波止場や
また木の枝に睡《ねむ》る小鳥や屋根の上の猫や
公園の噴水や街を飛ぶ蝙蝠《かうもり》を照します。
すべての愛らしいもの
頸《うな》だれた羞草《はにかみぐさ》の花をも
また鎧扉《よろひど》のすきから
派《は》手《で》なクツシヨンをまづ照らします。
けれど昼の世界に属するものは
犬も子供も人形も

太陽の昇るまで眼をつぶるのです。

私の王国

輝く流れに添ふて私は歩いた。
そこで私は私の頭の高さほどある
谷を見つけだした。
灌木《かんぼく》や朶《しだ》が深く茂つて
紅《あか》や黄色の夏の花が
印度《インド》模様のやうに咲いてゐた。

小さな水溜《みづたまり》を私は海と呼んだ。
小いさな築山《つきやま》さへ私には大きかつた。
私は木《き》の葉《は》で船を造り
木の枝で家を建て、街を造つた。
そしてそれ〳〵名前をつけた。

梢《こずゑ》を渉《わた》る山雀《やまがら》も
川の目高《めだか》も
みんな私の善良な国民であつた。
そして私は、この王国の強い王様であつた。
赤いカスケの燕《つばめ》は
私の軍事探偵《ぐじたんてい》で
モーニングを着た蜂は
私の軍隊の楽手《がくしゆ》でした。
犬は——私の軍馬は
私の傍《かたは》らに私の命令を待つてゐます。

私はあまり深い海や広い野や
また私の外《ほか》に王様のないやうに願つた。

けれどとう〱夕方になつた。

御飯に帰るやうに
家《うち》からお母《かあ》さんの声がした。
私は私の王国と別れねばならなかつた。
私は立上つて私の王国に敬礼した。

そして家《うち》の方へ歩いた。
おゝ私は家《うち》のまへで
なんて大きな保姆《ほぼ》が私を出迎るのを見たらう。
なんてそれは大きな冷たい室《しつ》だらう。

点灯屋

昼間働く人たちが家《うち》へ帰り
門が閉る時刻になると
梯子《はしご》をかついで長い棒をもつて
家々《いへぐ》の街灯に
灯《ひ》をつけては走つてゆく男があります。

銀行家の僕の父さんは
出来るだけお金を溜めるだらう。
平八《へいはち》は御者《ぎよしや》になるだらう。
三郎《さぶらう》は船乗《ふなのり》になるだらう。
僕は大きくなつて
自分が何《なん》をしたら好いか

自分で撰《えら》むことが出来るやうになつたら
さうだ僕はお前と一緒に
街から街を走りまわつて
家々《いへ〳〵》に街灯をつけてゆかう。
そしてどんな貧しい家《うち》にも点けてやろう。
そしたら街がもつと明るくなつて
みんなが幸福《かうふく》になるだらう。
だん〳〵山の方へも点けてゆかう
そしたらどんな暗い籔《やぶ》だつて怖くなくなるだらう。

もし〳〵点灯屋さん
ぼくはお前のお友達だよ。

けふ

きのふのための悲しみか
あすの日ゆゑの侘《わび》しさか
きのふもあすもおもはぬに
この寂《さび》しさはなにならむ。

『夢のふるさと』

いたみ

ほんとうの心は
たがひにみぬやうに
言はせぬやうに眼をとぢて
いたはられつゝきはきたが
なにか心が身にそはぬ。

きのふのまゝの娘なら
きのふのまゝですんだもの
なにか心が身にそはぬ。

ふたりをば

ふたりをば
ひとつにしたとおもうたは
つひかなしみのときばかり。

浮世絵

春の光は雲母刷《きらゝずり》
春信の女の足は白い毒茸《どくたけ》
桜の花片《はなびら》はなやましく汗をかき
お寺の鐘はたいくつに鳴れり。

さて春信の女は
何をみるとしもなく
うつとりと細目にあゆむ。
むごたらしい唐繻子の帯は
黒い蛇
華奢な柳腰がなよ〳〵と
なびくともなびかぬとも

たゞうつとりとあゆむなり。
いつまでも娘のまゝで
たゞうつとりとあゆむなり。

若き日

かなしきときは
悲しむこそよけれ。
うれしきときは
喜ぶこそよけれ。
わかき日のために。

あなたの心

あなたの心は
鳥のやう
涯《はて》のしれない
青空を
ゆきてかへらぬ
鳥ならば
私の傍《そば》へ
おくために
銀の小籠《こかご》に
入れませう。

断章

1

ふむべくば
あたいまれなる
いのちなり
ひとをいたはり
なみだながしき。

2

こえもせむ
こさずもあらむ
いまはかたみに

ゆるされし
袖垣《そでがき》。

3

あすにならば
わすれるほどの
かなしみなり
かほみれば
それだけですむ
なやみなり。

4

またふたゝび
みまじといへば
たはむれながら
たはむれとおもへど

かなしきものなり。

5

こゝろよわさは
はにかみ草《ぐさ》の
葉をとぢて
ふかぬ風を
とほくみる
はにかみ草は。

6

幸福《しあはせ》がきたのをしらぬ
ばかでした
しあはせが
いつたもしらぬ
ばかでした

別れた宵《よひ》にしりました。

7

かならずと
人に盟《ちか》ひぬ
さりながら
身はあすしらず
あやうききはの
わがこゝろ。

8

ぢつと見するゐた
眼のうちに
なにかわびしい
かげがある
わたしの心が

うつるのか。

9

運命の
舞台監督は
ベルを鳴らした

あゝ
そして静かに幕《まく》。

あゝもう
舞台裏では
私達は恋人同志ではない
たゞ一人の青年と
一人の娘に過ぎない
もう明日《あす》は

この芝居を演《や》るのはよさう。

10

脚本のない芝居だ
幕間《まくあひ》のない芝居だ
見物《けんぶつ》も
役者も
いつしよくたの芝居だ
すばらしい野外劇だ
悲しい喜劇だ
いや
めつちやくちやな芝居だ

だが
舞台監督は素敵だ
彼の名は運命。

最初のキッス

五月に
花は咲くけれど
それは
去年の花ではない。

人は
いくたびこひしても
最初のキッスは
いちどきり。

川

はじめ二人を隔てたのは
ほんに小さい川だつた
それを二人は苦にもせずに
両方の岸を歩いてゐた
いつの間にか川は大きくなつた
そしてたうたう越すことの出来ない
大きな川を隔てた
もはや二人のための舟も橋も今はない
どちらかゞ水へ飛込まねば
二人が逢ふ時は永久にない。

二人の愛人

わたしに遠いあの人は
カンパス台のうしろから
だいじな時に笑ひかけ
わたしの仕事の邪魔をする。

わたしに近いこの人は
靴下をあみお茶をいれ
わたしの世話をやきながら
わたしの仕事の邪魔をする。

『恋愛秘語』

鍵

「そんなに沢山の鍵をどうなさるの？」

女がたづねた。

「女の心の扉をあけるのだ」

男が答へた。

「一つの鍵ではいけないの？」

「さうだよ、女はどれもこれも
異つた鍵穴を持つてゐるからね」

「あなたはいつか
女の心をあけたことがあつて？」

「一度もないよ。

どの鍵をもつていつても合はなかつた」

「さうでせうね。

NRI

女の心つていふものは
たつた一つの鍵であけなきやあかないものよ。
それを合鍵であけようてのは
すこし虫がよすぎるわよ。
教へてあげませうか。
あなたはね。
ほんたうのあなたの鍵だけ持つて
あとはみんな悪魔にやつておしまひなさい。
そして、あなたはあなたの鍵で
たつた一つのあなたの鍵穴をお探しなさい。
きつとどこかに
あなたを待つてゐる娘があつてよ」

孤独

いさかひをする時だけが
「私達」
人はみなひとりびとりだ
キスする時も。

春の鐘

はるの
はるのみそらの
あけがたの
はるのかねなる
らん　らん　らん

はるの
はるのむくげの
とぶひるの
はるのかねなる
らん　らん　らん

『童謡集　凧』

はるの
はるのはなちる
ゆふぐれの
はるのかねなる
らん　らん　らん

朝の日課

ちひさい花よ
そんなにうつむかないで
顔をおあげ
朝のごはんを
あげませう

夢に見る街

レールの楽譜におちる葉は
ドレ　ミ　フア　ソ　ラ　シ　ド
おはぐろ蜻蛉《とんぼ》は空へとぶ

4の字のつなぎの兵隊の列
44444444444
とあ　とあ　とあ　てつと　てつと
どこに敵軍がゐるのかぼくは知らない
かけあし！！！！！！！！
ぼくはいつしよにかけだしたが
廻《まは》り角《かど》で敵弾に仆《たふ》れた

きれいな星が空にあつた
仁丹《じんたん》の広告灯がぴちか　ぴちか
なんだかさみしくなつて　ぼく泣き出した

黒　猫

真黒毛《まつくろけ》の猫が
真黒闇《まつくらやみ》にゐたら
眼ばかり
ぎいらぎら

月の散歩

月は
銀座の柳の下で
宝石を買ふ人を見た

月は
お寺の築土《ついぢ》の前で
八雲琴《やぐもごと》弾く人を見た

月は
横町《よこちやう》の土蔵の影で
まだ眼のあかぬ猫も見た

月は
誰《たれ》にも言はなんだ

春の夜の髪

春の夜の
心にすこしかかるもの
ひとすぢのこる黒髪か
わすらるる身のいとしさか。
「夜《よる》は夜とて
昼は昼ゆゑ
くろかみの
いたづらに
みだれそめしか」
よみすてし文殻《ふみがら》なるか
春の夜の
心にすこしおもきもの。

春の夜の青き窓かけゆれやまず
君ならざれば春のといきか

古風な恋

あなたを忘れる手だてといへば
あなたに逢つてゐる時ばかり。
逢へばなんでもない日のやうに。
静かな気持でゐられるものを。

手

右の手が書いた手紙を
左の手は知らない。
右の手が握手したのを
左の手は知らない。

だが
左の手の指輪が
何を意味したか
右の手は知つてゐる。

かならずと
またこの子にも盟しぬ
きのふにつづく
あすならなくに

わかれ

長いレイルを見てゐるとあたしなんだか悲しくなるわ。
でもあたしまた長いレイルの向ふからあなたに逢ひにくるわよ。
どこかしら世界の果へいつてしまひたいわね。
駅のない終点のないレイルのうへをね。
客のない、あなたとふたりきりの汽車にのつて。
帰りのない、路を忘れた汽車にのつて、遠い遠い二度と帰らないところへ。

暦

破れた壁に
めくり忘れたカレンダア
いつもいつも九月一日
うごかざる時計をまけよ。
悲しむものを起たしめよ。

花がわたしに

花がわたしに言ひました。
約束をまもらぬ人と
あそばぬやうに。

花がわたしに言ひました。
たとへ花を持つてさへ
人を打つてはいけませぬ。

たもと

袂で顔さへかくしたら
それで何もかもかくしたつもりでせう。
ところがお嬢さん
あなたのはあとが
ほら袂の下から見えますよ。

ひとり旅

お月さまさへひとり旅。
親もじぷしいそのまた親も
わたしやじぷしい町から町へ
町の酒場のゆふぐれに
赤いぐらすを見て踊る。
たらんてらんたらんてらん

お月さまさへひとり旅。
親も見知らず国さへもたぬ
わたしやじぷしい旅から旅へ。
遠い峠の一本松に
赤い入日を見て越える。

たらんてらんたらんてらん。

たびびと

空色の帽子をかぶりて
はるばると峠を越えし人を忘れず
「逢ふは別れのはじめなり」
わが髪をいたはりながら
かく言ひし人を忘れず
喜びもはた悲しみも道芝の露よりかるく
国境を東へ越えし人は哀しも

単行本未収録詩篇から

（大正二年頃　絹本墨書淡彩）

青い海越えはるばると

夢二

青い海越え
はる〲と
日本の島へ
きた象は、
何が悲しうて
泣きやるぞ。
かなしいのでは
ないけれど、
生れ故郷が
なつかしい。

竹久夢二氏筆　　八月

八　月

空色の
わすれな草よ
なれが名を
　名づけし
　　ひとも
なき
　たま
　　ひしや。

(『少女画報』3-1　大正三年一月)

夕立

みる〳〵空が暗くなつて、
敵の軍勢のやうな
夕立がおしよせて
きた。
冷い鉄砲弾《てつぱうだま》が
子供の帽子にも、手のうへにも

犬の尻尾《しつぽ》にも、人形の額《ひたひ》にも
森にも橋にも落ちてきた。
子供はみんな雨にぬれないやうに
お家《うち》の方へ走りました。
けれど森や橋は
平気でぬれてゐました。
それはお家《うち》がないからです。

（『新少女』1‐6、大正四年九月）

女より旅へ

鉄瓶《てつびん》のたぎる音が
心に澄んで
別れ話の底《そこ》を見た。
浅ましく泣く女よな。

女よ、お前のためにこの俺が
「何《なん》であつたか」は訊かないでくれ。
「何《なん》でなかつたか」を訊くなら
答へやう。
「世間の男のやうに
悪い男でなかつた代りに
善い男でもなかつた」と、ね。

プラチナの涙を湛《たゝ》へ
忍びしのびて大川《おほかは》は
はてしなく流れたり。

野の中に
ぼんやり汽車を見てゐる
子供があつた。
悲しい旅に。

怺《こら》へ怺《こら》へて野の道の
小径《こみち》の奥の森へきて
わつと涙が堰《せき》をきる。

女といふ女から
逃れるために

来た旅だのに
見知らぬ街を歩く時
いつか眼が
女を探す。

（一九一九・一一・一五）
（『文章倶楽部』4-12、大正八年十二月）

弱 気

自分に克てない俺だもの
お前に勝てやうはずがない
お前に勝てない俺だもの
自分に克てやうはずがない。

（『文章倶楽部』5-2、大正九年二月）

リボン

あなたが結んで下すつたリボンです
今夜は解かずに休みませう。
だが別れ際《しな》にあなたが仰言つた言葉が
どうもあたし気になるのよ。
でも好《い》いわ。此度《こんど》逢つた時
解いて下さるわね。

（『文章倶楽部』5-2、大正九年二月）

未知のかなたへ

若い娘の懐《ふところ》を
覗いて見てはいけませぬ
もしや小琴《をごと》であつたなら
音がみだれて散らふもの

若い娘の小袖《こそで》をば
触つて見てはいけませぬ
真珠の玉であつたなら
草にこぼれて消えまする

たとへば遠い虹の橋
眺める人に彩《あや》ながら

渡るとすれば影を消す
（若き娘のうたへる）

（『少女画報』9-4、大正九年四月）

きのふけふ

思ひだしたり
忘れたり。
思ひつめたり
あきらめたり。

山の旅籠の
朝の味噌汁すへば
ころころと芋のまろべば
うまれ故郷の妹よ。
こはおかし
涙こぼるるぞや。

（『読売新聞』朝刊、大正十二年八月四日）

紅《べに》茸《たけ》

美しいものは
見てゐるものです。
採《と》つては
いけません。

美しいものは
ただ見るものです。
採つて食べては
いけません。

美しいものは
ただ眺めませう。

（『週刊朝日』4-19、大正十二年十月二十一日）

風

風はあなたの袖《そで》をふく
紅蓮紫雪《ぐれんしせつ》のみだれ染《ぞめ》

風はあなたの髪をふく
媚薬散華《びやくさんくわ》の夕ぐれに

風はわたしの溜息《ためいき》と
寂しさのせて大川《おほかは》へ

いえいえあなたの
ふところへ。

(『令女界』3-10、大正十三年十月)

風
竹久夢二 作歌
草川信 作曲

小曲二篇

おんなし夢を
ふたりして
遠いところで
見たのです。
ふたりだけしか
知らぬ夢。

たとへカルタの
ハートでも
ふたつに切れては
いやなもの
わたしのハートよ
傷つくな

（『令女界』4-8、大正十四年八月）

見知らぬ人へ

山のあなたへ　　とぶ雲に
山のあなたへ　　とぶ鳥に
（きのふのやうに　　とぶものと）
手紙かく子に　　なりました。
小窓のしたへ　　おちる葉に
梢《こずゑ》のすゑの　　白露《しらつゆ》に
（きのふのやうに　　ちるものを）
涙する子に　　なりました。
それは見知らぬ　　人ながら。

（『少女世界』21-1、大正十五年一月）

白い手
クラブの王と

ハアトの　2
いくどきつても
ハアトの　2。
　白い手の
マヂツク。

カアドの隅《すみ》へ
「みんなうそ」
さうかいて
眼が笑ふ。
　白い手の
マヂツク。

（『令女界』5-2、大正十五年二月）

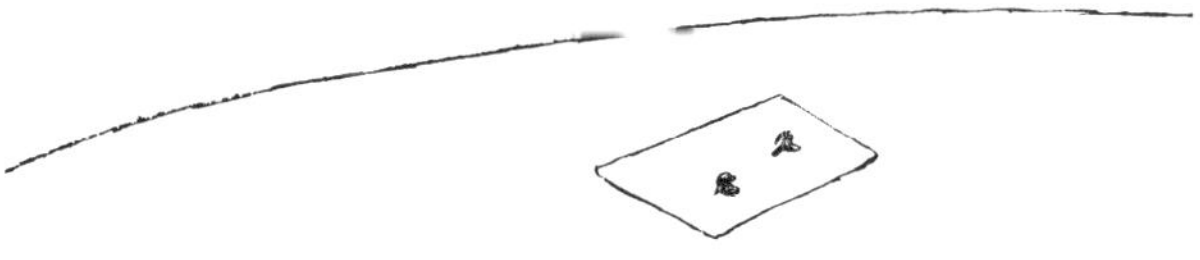

手《て》紙《がみ》

やぶかずに
しまつておく手紙。
やぶいてすてる手紙。
やぶきもならず
すてもできない手紙。
帽子屋の勘定書の手紙。
手紙はみんななつかしい
だがやぶけもせず
すてもできない
手紙はかなしい。

（『少女世界』21-4、大正十五年四月）

はつ夏

はつ夏
ネルのキモノのなやましき
たそがれに
街路樹の梢《こずゑ》にかゝる

ゆふづきに
れいらうと
銀笛《ぎんてき》の音色《ねいろ》
タクシイの
キハツ油《ゆ》の匂《にほひ》をこめて
そこはかとなく
健康なためいきを
おくる
はつ夏の片影《かたかげ》に
若き子よ
袂《たもと》をあげよ

（『少女世界』21-6、大正十五年六月）

路《みち》

あの路《みち》この路
灯《ひ》が遠い。

あの路
東へいつたなら
わたしのママさに
逢へるやら。

この路
南へいつたなら
別れた人に
逢へるやら、

あの路この路
灯が遠い。

（『少女世界』21-6、大正十五年六月）

手

まるまるとはりきつた
処女《しよぢよ》の白い清い手よ。
この手は健康な病人に
熟《う》れた果実を捧げる。
この手は路《みち》に労《つか》れた旅人に
一双《さう》の乳《ちゝ》を贈る。
この手はまた
熱あるやさしい眼に
さわやかな紅《くれなゐ》の雪をおく。
五月の朝の食卓に
このすばらしい贈物を
感謝しやう。

（『少女世界』21-6、大正十五年六月）

絲車

しづかにまけよ絲車《いとぐるま》
春のあしたのいとぐるま
もつれぬほどに心して。

しづかにまけよ絲車。
春のゆふべにとく髪の
みだれぬほどに心して。

しづかにまけよ絲車。
春の夜《よ》こめてかく文《ふみ》の
しづごころなき人のため。

（『婦人画報』２４５、大正十五年二月）

終

ハッピイ・エンド
それは小説、これは人生
だから幸福もなければ
終りもない。

（『民謡詩人』2-1、昭和三年一月）

雪の夜の伝説
によせて
江戸紫のちりめんの

雪の夜の伝説

によせて

江戸紫のちりめんの
悩みはおもくしなだるゝ
情《なさけ》はうすき淡雪の
つもるとすれどそよきゆる
恋は流るゝ水なれや
昨日と今日とせむすべをなみ

竹久夢二

（『婦人グラフ』3-12、大正十五年十二月）

占

窓の遠さよ
わびしさよ
人の遠さよ
はかなさよ
星のまぎれに
トランプの
王に女王が
逢ふ宵は
せめてペチカに
火をくべよ

夢二

占

空の遠さよ
わびしさよ
人の遠さよ
はかなさよ
星のまぎれに
トランプの
王に女王が
逢ふ宵は
せめてペチカに
火をくべよ

夢　二

（『婦人グラフ』4－1、昭和二年一月）

山・山・山

「神は田舎を造り
人は都会を作る」

東京の風のやうに、
身まし気ましで来なすたか
うす紫のふるさとの
山を見たさに逃げて来た。

ゆめ・たけひさ

山・山・山

〝神は田舎を造り
人は都会を作る〟

原つぱの風のやうに
身まゝ気まゝで来はきたが
うす紫のふるさとの
山を見たらば泣けて来た。

ゆめ・たけひさ

（『婦人グラフ』4-2、昭和二年二月）

こころ

心をけづる幸福《しあはせ》も
そむきし人といでゆきぬ。
やせて貧しき心ゆゑ
あるかひもなき心なれ。

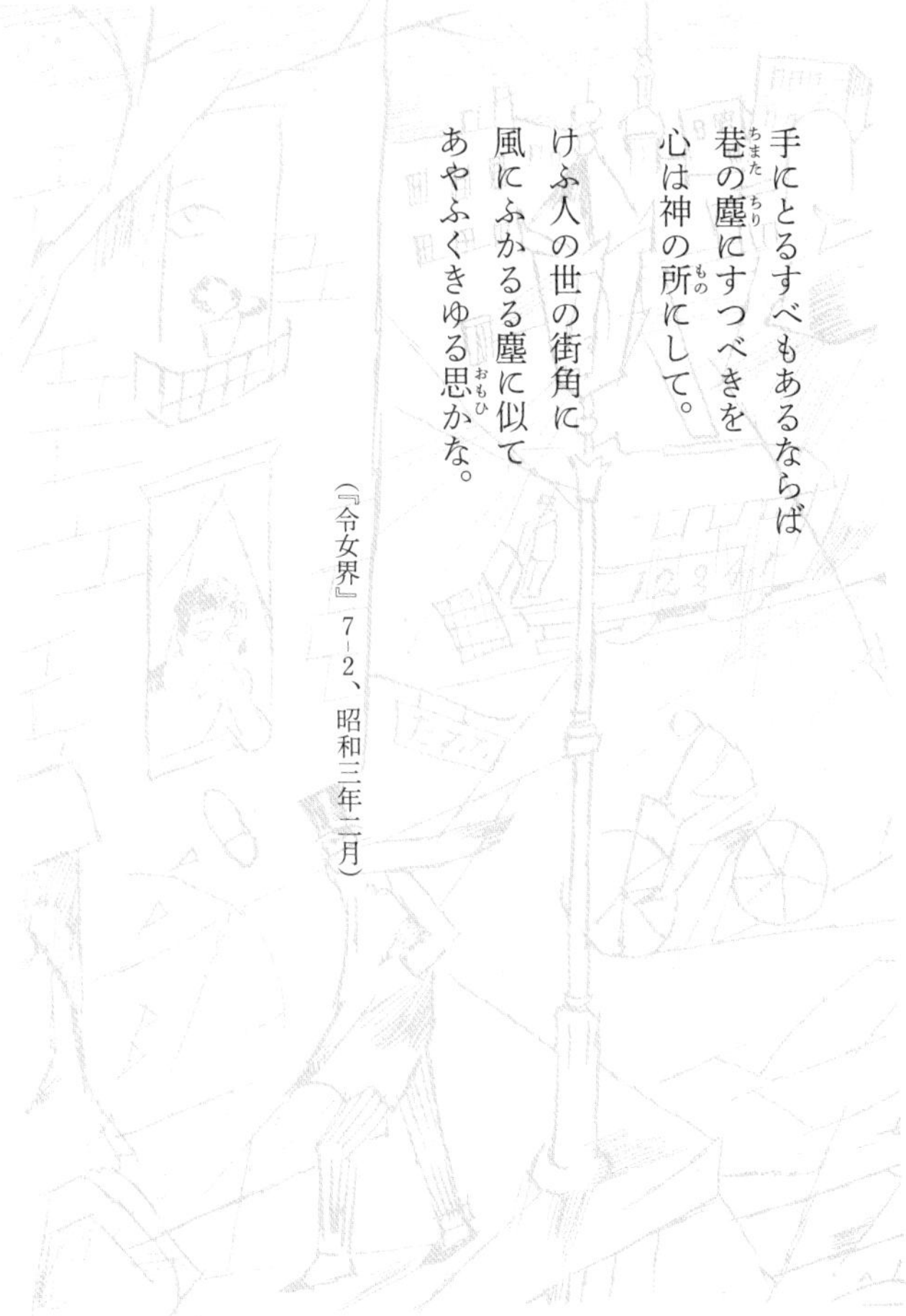

手にとるすべもあるならば
巷《ちまた》の塵《ちり》にすつべきを
心は神の所《もの》にして。

けふ人の世の街角に
風にふかるる塵に似て
あやふくきゆる思《おもひ》かな。

（『令女界』7-2、昭和三年二月）

風の散歩

家出した息子のやうに――これは
明るい所在ない春のゆふぐれだ。
帰るにしても　往《ゆ》くにしても
どつちみち　風のやうに　ひとりぼつちだ。
不渡手形のやうな　よもやに
いつまで　こだはつて　ゐるのだ。

夜の時計

遅れてゐるのだか　進んでゐるのだか
好《い》いかげんにねぢをかけたら
好いかげんにうごきだした。
今が何時《なんどき》であらうと構ひもしないが
時計でも動いてゐてくれた方が
いくらか賑《にぎ》やかだ。

（ともに『令女界』7-5、昭和三年五月）

青き初夏《はつなつ》

はつ夏《なつ》の
空朗《そらほが》らかに
いや青し。
若き日のこころは
真白《まつしろ》なるテニスの球《たま》の
はづむかろさに
いや怡《たの》し。

初夏《はつなつ》の
風清《かぜきよ》らかに
いや青し。
をとめ子《ご》の指は

をどりてやまぬピアノのキーの
はしるかろさに
いや怡《たの》し。

若き心は
はつ夏の陽《ひ》にをどり
ふかき木蔭に
夢はまどろむ。

(『婦人倶楽部』9-6、昭和三年六月)

春《はる》がうたふ子《こ》守《もり》唄《うた》

山晴《やまは》れ　山晴れ
木が見える

とんとんとろりこ
とんとろり

山、山　山、山
まだ遠い

とんとんとろりこ
とんとろり

ほろ、ほろ　ほろ、ほろ
鳥がなく
とんとんとろりこ
とんとろり

赤、赤　赤、赤
花がさく
とんとんとろりこ
とんとろり

（『コドモアサヒ』7-5、昭和四年五月）

山をうたふ
ゆめ・たけひさ
春のやま
まるい
夏のやま
あをい
秋のやま
たかい
冬のやま
とをり

（『天真』1-1　昭和四年八月十日）

山をうたふ

ゆめ・たけひさ

春のやま
まるい
夏のやま
あをい
秋のやま
たかい
冬のやま
とをい

捨身《すてみ》

百合《ゆり》の香《か》や
愁《うれひ》はいつも新しく
恋はかはらぬ病《やまひ》なり。
月日《つきひ》を経《ふ》れば
愁《うれひ》もいつか忘るべし。
さて忘るるは
墓へゆく日か。

(『令女界』9-7、昭和五年七月)

（昭和初期、絹本着色墨書）

この夜ごろ

格子の外に
しのびよる
夜をまたせて
化粧のひまに
　昨日別れた人をまつ
逢ふた時いふことを
独言して　はつかしや
　　この夜ごろ
　　　夢生作

エッセイ

私の投書家時代

自然の一角《いっかく》をおさない謙遜《けんそん》な態度で描くのが未成品《みせいひん》であるならば、欺《あざむ》かざる感傷を学ばざる囚《とら》われざるアートで発表するのを未成品と言うのならば、私は、いつまでも未成品でありたい。

私は自分の現今を語る事を好まぬように、過去を語る事もまた好まぬ。

しかしながら、思出《おもいだ》すと懐かしい時代であった。

そのころ私は東京の街から櫟林《くぬぎばやし》の多い武蔵野の郊外にうつろうという、大塚のある淋しい町で文学好《ずき》の友人と自炊生活をしていた。

私達のいた家は、ある日本画家の家の離屋《はなれや》で、その日本画家というのは、すでに死んで了《しま》って、未亡人と老母の二人暮しであった。

恰度《ちょうど》今頃、東台江戸川の桜は真盛《まっさか》りで、私達の周囲《めぐり》にも柔かな春の匂《にお》いが、絶えず流れた。

人生も自然も芸術の模倣だ、という言葉があるが、私達にもその事があった。それで私が投書時代のことを話すにはどうしても、そのころの私に深い印象を与えた、周囲《めぐり》を話さなくてはならぬ。

恰度《ちょうど》春の半《なかば》で、家のめぐりには桜の花が咲いていた霧のうすい晨《あした》、井戸側《いどがわ》に出て米を洗っていると、天窓《てんまど》から花弁がひらひらと舞い落ちて来る。

窓の外は菜の花畠《はなばたけ》になっていた。黄《き》なる花のつきる辺《あたり》、籬一重《まがきひとえ》越して隣に官吏の家が有った。その家には若い娘がいた。黄昏《たそがれ》、隣の家の柳下《りゅうか》に娘の白い顔が仄《ほの》かに見える。若い私達にはそれが無性に懐かしかったのだ。窓からふと覗いては、天使《エンゼル》だと囁《ささや》いて見た。

家の前には青草の原があった。私達はよく学校をエスケイプして、摘草《つみくさ》する人々の群《むれ》に交っては、胸に沁《し》む春の匂を心ゆくばかり吸いながら若草の上を彷徨《さまよ》うた。そして近隣の美しい少女や少年を集めて、お伽噺《とぎばなし》を聞かせたり、聞いたり、或《あるい》は唱歌を唄ったりした。その事を書いて、一度読売新聞の日曜附録に投書した事がある。それが「可愛《かあ》いい(ママ)友達」と二号活字の見出しで出た時には、若い胸を躍らしたものだ。

五、六軒置いて、小さい豆腐屋があった。私達はその家へ、豆腐や油揚《あぶらあげ》やそして葱《ねぎ》を買いに行く、帰る路《みち》で、油揚《あげ》を包んでくれる小さい新聞紙の片《きれ》を拡《ひろ》げて、一字一字叮嚀《ていねい》に読むのが楽しかった。その豆腐屋から帰る路《みち》に、格子戸《こうしど》の家があって、その家には老母とその娘――女子大学に通っていた――と、二十二、四の男とがいた。春雨《はるさめ》の朝、男は何処《どこ》かへ出勤する、娘は門口《かどぐち》まで見送って後《うしろ》から外套《がいとう》を着せたり、蛇目傘《じゃのめがさ》を渡したりした。私達はその睦《むつま》じい態《さま》が懐かしくて堪らなかった。それでそれを見たさに、朝の豆腐屋へは争って行った。

霧のような春雨《はるさめ》の降る夕《ゆうべ》、私達は一本の傘にかくれて、湯屋《ゆや》に行った。暖くゆるんだ皮膚に細い雨が柔《やわらか》く触れる。その触覚《しょっかく》が得もいえぬ快感を与えてくれる。帰りには定《き》まって、ある菓子屋に寄って、桜餅を買った、私達は白いのより紅色《ピンク》のが好きであった。後《のち》には菓子屋のお女房《かみ》さんも私達を見ると紅色《ピンク》のを余計《よけい》にくれた。あの桜葉《さくらは》の色と紅《あか》い色と、甘い味とが私達の感能の総てを満足させたものだ。

ある時には護国寺《ごこくじ》の境内を通った。あの赤く塗った楼門《ろうもん》から這入《はい》って、白い壁に描かれた楽書《らくがき》を叮嚀《ていねい》に見るのが楽しかった。

思出《おもいだ》すとそんな思出《おもいで》は幾らでもある、ただ夢のような美しい事実を私達は常に求めていたのだ。そのころの青年は今の青年のように疲労とか倦怠とかいうような事は話さなかった。ただスウィートホームとか恋とか、もと自分の周囲の何物《なにもの》をも美化して語ろうとしたものだ。

そんなに美しかった周囲は遂に私をして、その美をただの刹那《せつな》に止《とど》めず永遠に残して見たいという心地を起さしめたのだ。

恰度《ちょうど》その友というのが、文学好きで、度々《たびたび》種々の雑誌に小説などを投書していた。私も筆を執って自分の周囲を描こうとした。しかし私の詩と文とはどうしても私の心を思うがままに表白する事が出来なかった。ある時ふと詩の替りに画《え》で自分の心を語ろうとした。ところが文字《もんじ》よりも線の方が自分の情緒を語るのに的《てき》しているように思われた。それが私の文字を捨てて画《が》に趨《おもむ》いた始めである。

私の画《が》は決して人に見せる為のものではなかった。ただ自分の感興を記録するために、あらゆる形式の中からこれを択《えら》んだのである。それでただ描いておればいい、それがもう総《オール》であった。

ある日、友が一冊の中学世界を買って来た。その中に、その秋の増刊菊花号の原稿募集が出ていた。その募集の中にはコマ絵も含まれていた。友はその夏奈良に行った時の紀行を小説にして出した。私も何か投書して見たいと思って、終《つい》にコマ絵を試むる事にした。

そのころの雑誌に挿まれたコマ絵は、多く竹に雀とか、雪に犬とか、在来の日本画に用いられた、極めて古い題材のもとに描かれていた。しかし私はそんなものを描く事は好まなかった。私は自分の周囲から得た印象をそのまま描いて、画題など は後《あと》からした。それでそのころの挿画としては極めて自由なものであった。ところが発表されて見ると、はしなくもその我儘《わがまま》な画《え》が、第一等賞として当選した。その画は「亥《い》の子《こ》団子《だんご》」というのであった。

その時までは主として写生から一つの画《が》を創作したのであるが、その後モデルを用いず詩想を描こうと試みた。それでそのころ刊行されていた月刊スケッチに新しき試《こころみ》の「稚子《ちご》の領《りょう》」というのを発表して見たが、意外にも選者中沢弘光《なかざわひろみつ》氏から、情趣共に佳《か》なり、という評を貰った。その評がまた非常に私の胸を刺戟して、おぼろながらもある自覚を起すようになった。しかし画家になろう、画《え》でパンを求めよう、というような考《かんがえ》は毛頭無かった。今でも無論そんな考《かんがえ》は抱いてはいない。

三十九年の中学世界夏期増刊に「振り分け髪」が当選したが、その時には私はもう都《みやこ》の人ではなかった。私は故郷の田舎で、もはや帰る事もない都の空を空しく望んでいたのだ。しかし間《ま》もなく故郷を逃れて再び都会に来た。しかし私には金がなかった。貧しい私は自ら働いてパンを求めてゆかねばならなかったのだ。

ふと思い出すと、振りわけ髪の賞金を未《ま》だ貰《もら》わずにある。私はそれを貰うために博文館に行った。行って見ると少年世界で読んで想像していたような所ではなかった。応接間に通って海老茶《えびちゃ》色の椅子に深く腰掛けて、待っていると、西村渚山《にしむらしょざん》氏が出て来られた。それでその訳を話すと、すぐに金を貰う事が出来た。そしてその時に、も少し数多く書いて持って来るよう西村さんがいわれたので、その後数枚郵送して置いたが、終《つい》にそれが本欄へ掲載せられる事になった。

かくして私の投書家時代は終りを告げたのだ、私の投書家時代は実に短いものであった。しかし今から思うと、そのころは見残した夢のような気がする。

そのころの我《われ》と感興とは決してしっくり合《がっ》するというような事がなかった。今日《きょう》した事でも明日になって考えると、何か為残《しのこ》しがあるように思われる、画《え》にしても、後《あと》から思って描き残した事があるのに気付く。けれどそこにフレッシなナイーブな美があるのだとおもう。

見残したる夢、書き残したるアート。私はあの頃の事を思うたび、この書き残したるアートに憧憬《あこ》がれるのである。

永遠に未成品でありたいと思う。

(『中学世界』13-7、明治四十三年六月十日)

草画の事

真面目《まじめ》に自分を省《かえり》みた時、どうしてこんな空々《そらぞら》しい絵が描けるんだろうかと思う。純な心が自分を見返った時、鋭い感能が光に痛む時、どうしてこんな大まかな感じ方や、好い加減な観照が出来たものかと、最も親しみの多かるべき自分の作品にさえ失望することがある。

厖大なカムパスに「忍耐」「努力」の美徳より「雄大」「高尚」にいたる時代のあらゆる理想的概念をまで作品が物語らねばならぬならば、私のこの小さな草画などは物の数でもあるまい。しかし、しかし、「余はいかに忍耐してこの苦心の大作をものせしか」という成功譚のかわりに、私はいかに楽しく果てしなき世の旅路に泣きしや、いかに忙しく別れゆく幻影の後姿を眺めしや、また、いかに不可思議なる自然に驚嘆せしやを、私のサークルの著者と共に語り得るのをせめてもの幸福と思おう。

私は私の夏の巻の末に「……私はこの小さい絵を通して、私の感傷のすべてが画きつくされると思っている……この小さい絵が、やがて一の創作として世に認められる時が待遠しくてならぬ……」と書いたのを見て、今更に微笑まれる。

しかしこの頃の雑誌を見て、「イラストレーション」と「カルカチュア」と「俳画」と「スケッチ」とがあまりに混雑に理解されているのに気がつく。

私は、「さし絵」が「スケッチ」になり、「スケッチ」が「こま絵」になり「こま絵」が「草画」になった経過を書こうと思ったが、あまりに多く自分の名と友人の名をも書かねばならぬのを思って思い止まった。

また草画の約束に就いてもここには書くことを好まない。

作者の前に横《よこた》われる驚くべき自然と、作者の痛める感能との間に戦慄せる気分と情緒とは、絵筆こそ僅かに物語り得れ、誤《あやま》り多き言語のよく説明するところではないから。ただ私は描かれたる草画が、置かるる場所をおぼろげに言い得るばかりである。

日本にはまだ正しい意味の「さし絵《イラストレーション》」がないように思われる。イラストレーシ

ヨンは小説、詩歌、記事文等の補助として或《あるい》は説明として作中の人物、自然を具体的に正確に画けば好いのである。それゆえ、作者とその挿絵画家との天稟《てんぴん》と傾向とが共通していない限り、作者はやはり、個性のあまりはっきりしない方が好いかとおもう、何故なれば作中の人物の性格を超え、自然をあまり主観的に観てはならぬゆえに。

森田恒友《もりたつねとも》氏と山本鼎《やまもとかなえ》氏の漫画に「泣くべき諧謔《かいぎゃく》」の描かれてあるのを私は好んで見ているが、愚かな世人はポンチ画とおなじに考えている。

俳画は、日本古来の消極的な教義と、安価なあきらめから脱化して悪く悟って振返った別天地から浮世を鳥瞰したところが私ども明治の若者には親しみが薄い。

写実が重んぜられた結果として「街上所見」とか「動物園スケッチ」などという何の感激もないスケッチが無意味に雑誌に載せられることになって「さし絵」はまた誤られた。雑誌中学世界がいち早くこのノンセンスなスケッチを廃して独立した創作的の絵と、記事文に関連のある絵とを入れるようになったのは好き仕方であったと思う。

自然界の現象を横にカットして「時間」を説明するには、我等は鋭い感覚を持っていねばならぬ。

人生を縦に眺めて「空間」を再現する時、我等は繊細な情緒を持っていねばならぬ。

印象画と物語絵とは、そこから別れてゆくのだと思う。

面積と色彩とを与えられぬ「草画」は、時間を説明するに、いささか困難を感じる。

しかし、そこにまた発見の余地もあるわけである。

で、草画はどうなるんだ。

私にはわかってない。

ともかくも、私は画こう。

（『桜さく国　白風の巻』明治四十四年十月一日）

「病みあがり」の後に

■どんなに荒れ狂っている暴風の中にでも、その底には、千万年の昔からしずかに流れてつきぬいささ川の流れはあるものである。
■あらゆる色と形と音とのうちから、直に心に沁みこんでくる唯一のものを見出さねばならぬ。なりわいの忙しい人の世の人情や因習の境地を超えて、直に人の核にぶつからなくてはならない。
■日本画――といってもおかしいが、まあつまり丸いブラシや筆で掛物や屛風へ画く種類の絵を、自分はこの頃自分の画会のために画いているのでこの事を始終思っているのである。それは、南宗画や土佐派や、四条派は別としていわゆる浮世絵の血をうけて育ってきた近代の日本画家は、つまり文展の日本画第二部に属する諸君は、絵画というものを知らないように見えることである。それは三百代言のような雄弁さや、井戸端会議のような饒舌さはある、或《あるい》はまた軽口話のような滑かさは持っている。しかし、一言も言わずに問答の出来る禅僧の会心を持っているものは一人もない。

■言わんと欲して言いえない、歌わんとしてはまだ律にならぬ心持が、自然に向った瞬間にぴりっとタッチして漲ぎるようにあふれおちる。それは言葉でもない。色でもない。詩でもない形でもない。涙である。いや涙ではない。歓びである。それが自分の欲する芸術である。

■ゴーガンはあまりによく話しすぎ、ゴーガンはすこしどもり過ぎる。しかし酸いも甘いもかみわけたロダンのような粋な叔父さんよりは、何も言わずに渋面をつくるゴーガンのおやじの方が怖くてものら息子のためにはなる。

■で、日本画家は、人情や習わせの囚になって、おつに通がる息子のようになってしまっている。そしてもうろわつらの言葉ばかり話している。そして愚にもつかぬ駄洒落や軽口を言合っては、わっと笑ったり、手を拍いたりしている。柄にもなく新しがった女の絵など画いた某氏の如きは、恰度《ちょうど》、若旦那が「わがもの」をオペラダンスでやってのけて、やんやと喝采される風のものである。そこへゆくと一部の南画は、未だ「小さん」のように話している。若い我々はもっと、落《おち》ついてしずかに自分自身の言葉でよく話さなくてはならぬ。

■小さんを引合に出したから鴈治郎《がんじろう》に就いていうと、あの「魂ぬけてとぼとぼ」と花道の出の紙屋治兵衛の姿。どこをきりはなして、どの瞬間を見ても絵である。抒情詩風なデコラテーヴな好い画面をなしている。しかし決してその線は騒がしくない、おっとりとあるべきところにある、治兵衛はもう泣きだしたい心持である、しかし鴈治郎は涙を惜んでいる。そこが鴈治郎のもっている貴いもので、演ぜられた治兵衛の生きてくるところである。

役者がため涙を怺《こら》えて泣くまい泣くまいとする、だから見るものの心に触れてくるのである。

■装飾風《デコラテーヴ》ということはそれでこそはじめて生命があり、日本画のゆく路があるのである。

そこで私は私の「病みあがり」にもどる。しかしもうそれについて言うよりは絵をよく見て貰った方が好いようにおもう。ただこの病みあがりの女の手をかきたいと最初思ったことを書き添えておけば好いとおもう。

（十一月三十日夜）

（『現代の洋画』2-9、大正二年十二月十五日）

机辺断章

■今のいわゆる浮世系の画家のうちで、百年の後、春章《しゅんしょう》や広重や歌麿のように作品が不朽に残される者が幾人あるだろう。彼等は芸術の話をカフェーでしはしなかった。陋巷《ろうこう》の一市人として、人間の悲哀の奥に聖地のあることを、おぼろげながら知ったに違いない。彼等は意識しなかったにしても、そこまでいっている。芸術家はもう沢山だ。ほんとに人間として人間の悲しみを知る画《え》かきが出ても好いと思う。

■日本美術新聞という紙上に、僕の談話として、栖鳳《せいほう》氏をけなし、春挙《しゅんきょ》氏を賞めた文章が出ている。このごろ気がついて、ひどくいやな気がした。僕はどんな団体にも属していないし、師匠もなければ閥もない、独りの途を独歩するものだ。何を苦しんで縁も因りもない人間を問題にするものか。僕が貧乏な点で、あの人達の生活に思い及ぶことはあったかもしれない。が第一義の生き方ではあの人達と比較しようとは曾《かつ》て思わない。もし栖鳳氏を批評する場合があったらあんな幼稚な文字で批評はしない。また春挙氏をあんな工合に賞めもしないだろう。

■どんな絵かきでもいやに成っている時の作は、人間の悲しみを忘れがちで、浮いていていけない。歌麿のも初期の青と赭と墨との三色で出版元に色を制限せられて画いた頃の作にはしみじみ一線一劃にも血と涙がしみている。ちやほやされるようになってからの作はいたずらに達筆で、マンネリズムに入っている。

■広重の美人画を木や岩を書くように非人情に画いた。都会的なデカダンなチャームを持たなかった、で歌麿のように美人画では受けが悪かった。そこが今から見ておもしろい。わが敬愛せる鉄斎翁の人物画が広重の人物に似ていることも故がある。

■歌麿にしても春章にしても、女の手足をひどく小くして、なるべくかくすようにしている。手や足がどんなにその人物の感情を語っているかを彼等は知らなかった。人間の四肢や肉体をそのままぶっつけたバクストの絵を見ると時代の違っていることが思われる。日本の浮世絵系の画かきももっと人間の肉体をほんとに見るようにならねばいけない。いつまでも髪の形やキモノのものごしをいじくっていたのでは自分もおもしろくあるまい。

■浮世絵かきは背景の画き方が拙《つたな》い、拙いというよりはまるで女を画く線と木や花を画く線と別々に取扱いている。それは、顔の線とキモノのひだを別な心持で画いたのとは、もっと没交渉に画いている江戸児《えどっこ》は、江戸の街より外へ出ないのを誇りとしたというから、自然を見ることに勉強しなかった結果でもあろうが。今の浮世絵系の絵かきも自然や背景は、てんで画けないのが多い。

■このあいだ京都図書館で浮世絵を列べたとき、湖龍斎《こりゅうさい》の絵にピロウドの襟の輪廓をギザギザで画いたのを見た。あれとおなじような仕事を死んだビヤズレーがやっている。ビヤズレーも日本の浮世絵を好きだったというから、この技功を借りたかも知れないが効果の上からは、湖龍斎は貧しい材料と木版とに限られた発想の仕方のうちでくだらない御苦労をしたものだが、ビヤズレーは、その技巧を全く生かしている。これなども、土佐の片ぼかしをマチスがかりて成功しマチスを院展が拝借して失敗しているのと好い対比をなしている。

■ゆく道は究めればあるに違いないが、やはり日本画の絵具でかく絵、木版画、水彩画、油絵とその材料から画くものを考究する必要がある。第一義の絵をどの材料でも出来ると信じるのは損だし、無駄なことだ。画かきはあらゆる絵具を使うが好い。草汁を使って刷った春章の木版画は油絵具ではかけない。　（十一月十五日）

（『美術と文芸』10、大正六年十一月三十日）

荒都記
――赤い地図第二章――

1

どんな最大級の形容を持ってしても、此度の震災が人間に与えた驚きを、適確に言い表す言葉を持たない。

個性を持たない人間が、世界の病気であるところの機械文明や商業主義に、生活を浸して、創意《オリヂナル》のない文化に浮かされていたことが、間接に、惨害の度を大きくしたとは言え、阿修羅地獄の火炎のなかに、影絵《シルエット》のように躍り狂いながら幾万の群集が挙げる阿鼻叫喚をきいた時には、私はじっとしていられなかった。どうして好いのかわからずに、数寄屋橋の袂《たもと》に立ちつくしていた。日比谷の官舎にあずけてある一人児の安否を気遣かって来たのだが、私は子供のことよりも、自分のことよりも、ただもうこのすさまじい光景に全身を奪われたように立っていた。それは自分の子供や自身を忘れて、今死んでゆく人を救おうとしたのではない、死の断崖で踊りもがいている人の姿に全く気をとられて、自分を失ったと言った方が適当であろう。私がもしあの火中にいるのだったら、逃げてゆく人の方へやはり逃げていったかも知れない。或《あるい》は茫然成すところを知らず死んでゆく人と共に死んでしまったかも知れない。

2

今でもまだ生き残った事実や、その人間並の喜びさえ、はっきり心に染みないが、あの日も何か落付のわるい、心の底の騒ぐ日で、着物がしっくり身に添わないのであった。いつでも創作の前に感じる焦慮のようなものを感じ、いつもの癖《くせ》で、手や足に何か汚ないものがこびりついているように思えたから、湯に入ってきて、さて描きかけのカンパスに向ったがどうも鼓を持った女の指が、すんなりと描けないので、やっぱり眼で見なけりゃ駄目だと、自分へ、外出の申訳《もうしわけ》をこさえて出かけることにした。前の日に別れた、やはり絵をかく友達を誘うつもりで、足袋をはいているところへ、ぐらッとあの地震が来た。

元来、天災を怖れない私のことだから、何か棚のものでも落ちるかなと思って、じっとしていたが、あんまり戸外の物音が烈しいから着物をきて下駄をはいて玄関を一歩出ると、もう歩けない。駈出したら歩けたろうと後で考えたのだが、人に誘われて慌てて走っていたら、露地を出る時(私の仮りの住居は露地の奥にあるのです)屋根が落ちて来るところだった。井戸端の木へつかまって暫く立っていた、もしあの隣の家が倒れたら、この塀を越えるまでのこととときめて見ていた。

3

三日の夜あたりから本当に自然の暴威と天災の怖しさをやっと感じ出したように思う。誰が宣伝したのか、宣伝の目的が何であったか私は知らないが、また実際そんな事実があったことも、私は見ないから知らなかったが、三日の夜の如きは、私もやはり空地へ出て、まだテント生活をしている人と同じ心持で、何か知らない敵を仮想していた。川崎の方から、、、、、、、、、、、、、、、、、、、、、、、、、、、、、、、、、、、、。、、、、、、、、、、、新宿のタンクへ向っているというのだ。二、三町先の駅の近くでは、群集のただならぬ騒ぎや叫び声が、はっきり聞える。軍隊の自働車が幾台か坂の上の方からまっしぐらに走って下りる地響きがする。そのなかにピストルの音がした。それにつれて悲鳴があがる。

「おい灯を消せ」誰かが言った。テントの中でも、立っている人も提灯の灯を消した。息をこらして、本能的にみな地の上に伏した。後できくと大地に穴を掘って、妻子を埋めた人もあったそうだ。

私は何の武器も持っていないから、敵を殺す気もなかった。だから殺されもすまいときめて、垣根の所へ腰かけて、遠くの叫喚を聞いていた。それは、幾百人の群集が入り乱れて戦っているかと思われるのだった。

だが何事もなくその夜は過ぎた。

流言蜚語の第一報が人から人へ伝わった時間が、西は、浜松あたりから、東は川崎、目黒、駒込、千葉あたりまで、殆んど同時間であったことも、その地方から来た人にきいて、いまでも不思議に思っている。それは人間の本能的な第六感とでも言ったら好いだろうか。

4

妻君や子供を殺して、大阪まで落《おち》のびた男や、外国へ避難する計画をたてた人もある。この上どのくらい、悪いことがある世紀だか誰も予め何とも言えないことだ。しかし、私は方丈記の作者のように、世を果敢《はか》なんで、山の中へこもるほど世を見捨てる気にはなれない。それでもあの騒ぎを見るにつけ、真っ赤に焼けてしまった東京の街を見るにつけて、十日ほどの間は、死んだ街や死んだ人を見て歩いて、夕方郊外の画室へ帰ってくる頃は、何かしら大声をあげて叫びたいような悲しみか寂しさかに似て、もっと不安なものにおそわれて、生きているすがはなかったものだ。

それでも電車が通じて、街をやや自由に歩けるようになってから、また人間同志の浅間しい小ぜりあいや、焼跡に垣を結び、持っているものはより多く持とうとし、持たぬものは持とうとする、人間生活の元気を取返した人達を見ると、何かしら憤りに似たものを感じて、山へ入る謙譲な心持や消極的なあきらめがなくなって来る。

何かしよう。創意をもった自分の生活をしよう。自分をよく生かして生きよう。そんな元気をとりもどした。

5

これを書いているところへ、鼓を描きに誘うはずの人から、あれ以来の音信を手にした。それを添えてこの稿を終ろう。

「上野の山で三日二晩暮しました。家は出たきりで、二人の女中をつれて、女中の家のある千住まで落ちのびましたが、ここでも東京の噂におびやかされ、N町の父の家へ帰るつもりで、出かけましたが、N町の近所でもあの騒ぎで、山の中でまた一夜おくりました。そのうち一人の女中にも別れて、二人でやっと翌日父の家へつきました、そこにも居堪《いたたま》らずまた母と女中と三人で、立づめの汽車にゆられて、こんな山の中へ来ました。私の知った人達は、どうしておいでやら、また、再び私の好きな東京でお目にかかる時はありますまいか。わずか一瞬の間に、この人もあの人も別れ別れになって、たった一人の心の中に忙しく住まねばならない自然の運命を、今更のように考えます。

死ぬに死なれず、不幸な母と二人、私はこの山の中で暮すことでしょう。こんな感傷的な心持は、私の思過しでしょうか都の様子をお知らせ下さい。絵の道具だけは持っていますが、山を見ても空を見ても真っ暗で、色彩を持っていません。太陽の出る日はいつのことでしょう。」

（『女性改造』2-10、大正十二年十月一日）

色彩雑観

ゴオグ〔ゴッホ〕が好んだ狂的の黄ではないが黄色、赤、紅《べに》の系統の色が好きなようです。しかし自分が色彩の仕事をしているものだから、あらゆる色彩を交響したり調和したり対比したりする場合場合に、あらゆる色を、効果的に使駆した時は愉快におもう。物の色としては布地の色をなかんずく好もしくおもう。陶器も好いが、形《かた》の助けが加わって来る。花や葉の色はむろん美しいが、枯葉の色と新芽の強い色とは最も好もしい。が、なんといっても古い布地の色彩のなごんだ美しさにしくものはない。つまり色彩は材料からくる感じを加算して価《あたい》がきまり、選択よろしきを得てはじめて生きてくるので、単独に色としては甲乙はないはずだ。

去年の十一月頃であったかとおもう。神田のフランス書院でLE THEATREの新刊を訊いている二十一か三くらいの婦人を見た。灰色と黒の色調で、帽子から靴まで調子をとった――いや調子をとったと言ってはいけない。潤《くつろ》いだ身についたこなしで、白粉気《おしろいけ》のない東洋人らしい頰の色といい、しずかに流れた線のこのもしさ、実に頭から足のさきまで色と形の調和のとれた人であった。誰《たれ》が家の子かしるよしもなかったが、日本人であれほど心づかいが纖細で、しかも着こなしの自由な洋装の婦人を見たことがない。

いま一人思出す。これはパヴロヴ〔アンナ・パヴロワ〕のコンダクタァをした老音楽師で、三島邸の歓迎会の折、芝生の上でつくづく見たのだが、赤味を帯びた双頰《そうきょう》と灰白の毛髪と、灰色の服に黒のネキタイと靴の諧調《かいちょう》の静かな美しさ。梅の古木《こぼく》の自然のさびと典雅を思わせる。これはやはり年が見せる美しさであろうか。

それにしても、フランス書院で見た婦人の服も、老音楽師の服も、あのまま誰《たれ》が着ても美しくは見えない。それはその人の色彩であり、その人の心意気であるから。

よく西洋人の肌を美しいという。しかし日本人の肌もなかなかに美しいとおもう。この頃の女のように日頃から入念に磨きあげたのでないうぶ毛のままの顔へ、粉白《こおし》粉《ろい》をふりまいて、紅《べに》をつけたのは、静かに五分間も対坐しているうちに、その魔力《シャーム》がだんだん失われてくる。そこへゆくと昔の美人だと言われた美人は、さすがによく磨きあげてあったらしい。ほんのりと黄色を帯びた白い肌の、この日本人の美しさは無類だとおもう。臙脂《えんじ》色の半襟《はんえり》とか黒の掛襟《かけえり》とか、黄八丈《きはちじょう》のキモノが、しっくりとはまる。この効果を考えた昔の人間の美意識は三嘆に価《あたい》する。

その他絣《かすり》のキモノの袖付《そでつけ》のところへ細く縫つけた桃色の小布《こぎれ》と配色のおもしろさを子供心に忘れない。子供の頃を思うと、蔵の白壁と黒い瓦《かわら》を戴いた或《あるい》は腰瓦《こしがわら》のしっくいの白と黒との対比の美しさは、この頃のアメリカ風の安価な文化建築の吹けば飛びそうな手うすさに比べて、なんという壮重にして典雅な建築物であったろう。

（一九二五、三、二三）

（『週刊朝日』7-18、大正十四年四月十九日）

浴衣は無雑作に着るべきもの

近頃は浴衣の研究がなかなか盛んになりました。こういう方がと思われる人にも、浴衣愛好者がたくさんあります。洋装がどんなに流行しても、やはり日本人ですから、軽い自由な浴衣は好ましいに相違ありません。私は十五、六年前から、自分で意匠して染させていました。他の物と違って浴衣なら好み通りの染《そめ》が簡単に出来るからです。在来使われていたものを、現代人に似合うように作ったり、ごく新らしいものの図案もしましたが、古くからある波とか草木類を近代的な模様にするのは、さまで骨を折らずともよい結果が得られますが、新しいものになると、時には非常に成功する事はあっても、大体において苦心の割合に出来栄《できばえ》が思わしくありません。

浴衣は几帳面《きちょうめん》に着るものではなく、素肌へじかに着て垢《あか》づかぬ中たびたび洗濯するところに浴衣の味があり、洗えば洗うほど色も面白く出るのですが、現今は浴衣を浴衣らしく着る人が少くなりました。無闇に上等品を真似て作る事が流行し、メリンスやセルにお召《めし》風の柄《がら》を取入れて、それ自身の特徴を隠しているのと同じに、浴衣にも木綿絽《もめんろ》などが巾《はば》を利かしています。ああいうものは水に通し難いので、着る方でも大切にしなければならぬのでしょう。このごろの人達は麗々《れいれい》しく長襦袢《ながじゅばん》など着込んで、足袋《たび》を穿《は》きあの木綿絽《もめんろ》の浴衣を着ているようですが、何だかもの欲しそうに見えます。

始終洗って惜げなく着られるは、どうしても真岡《もおか》や縮《ちぢみ》であります。縮緬《ちりめん》や絽縮緬《ろちりめん》は姿をすんなりと見せますが、普通の人には浴衣として着こなす勇気がありますまい。洗い易く着易い点からは手拭《てぬぐい》地が一番よいようです。しかし地のよい三河木綿も染《そめ》がよく上ってなかなか捨難《すてがた》い味があります。

浴衣姿のよいのは成熟し切ったいわゆる女盛りの年頃です。これは普通の着物のようにキチンと堅苦しく着ないので、態の出来る時分でなければ、充分に恰好《かっこう》よく着こなせないからでしょう。一体に今の娘さん達は、洋服の方を着慣れていますから、たまに和服を着ると、アメリカ娘がジャパニースキモノを着たような恰好に、帯をやたらに上の方へしめ、腰から下はスカートの感じがするほどぶっきらぼうです。それに私が始終考えているのは、処女というものは清浄で最も美しいはずであるのに、近頃の若い娘達ことに十五、六くらいの女学生を見ると、健康の美は認めてもそれを別として、すっきりした美しさが乏しいようです。かえってたしなみのよい中年婦人にほんとうの美を感じます。ことに浴衣などは、洗練された容姿に無雑作な着方をしたのが水ぎわ立って美しいものだと思います。

（『サンデー毎日』4－30、大正十四年七月五日）

夏の街をゆく心

少くも夏の街を享楽しようと思うには、目的や約束があってはいけません。というのは、銀座のさいぐさへ寄って絹レースの肌着を買って、はいばらへいって小菊《こぎく》を五帖買って、太郎の靴を三越へ註文して菊屋で万⃝のかまぼこを買って、明治屋でノルウェーのサアヂンやオーストリイのバタやマカロニイ等等等等《とうとうとうとう》を買込んで、ついでに田屋《たや》へ寄って、あの人の夏帽子を見立てたり、コデイのシャボンも買わねばならぬほどしこたまプログラムを持っていては、ゆっくりアイスクリームを呑《の》む気にもなれないではありませんか。

しかし、腕時計をちょいちょい見ては、プログラムをはかどらせて、電話で家《うち》から自働車をよんで、事務的に用をたして歩くことの好きな貴婦人には、まあ夏の街をゆく心持《こころもち》などには、御用がないはずです。

夏の街を享楽する人は、贅沢《ぜいたく》に時間を使用することを知っている人です。目的や

（銀座街をゆく人々）

約束がないのだから、すいた電車がくるのを待つか、遠いところでなければ、少し廻り道してもぶらぶら歩くのです。

震災後東京も、散歩するに好い街はほとんどなくなってしまいました。我々の散歩地は、必ずしも晴やかな歩道でなくても、表通《おもてどお》りでなくても好いです。それよりも仲通《なかどお》り静かな、あんまり繁昌《はんじょう》しない取残された老舗《しにせ》や、風雅なくぐり門のある裏町は好《この》もしいものだ。

文明開化当時、煉瓦《れんが》と呼ばれた銀座通りの柳もなつかしいが、裏通りの金春《こんぱる》とか、煉瓦地《れんがち》とよばれた、河岸《かし》からあの辺《へん》一帯はよかった。采女橋《うねめばし》を渡ってから築地《つきじ》、三一教会の四つ角から築地ホテルのあたりの街のただずまいは、路《みち》の果てにちらちらと水があって、赤い煉瓦の建物の間を、灰色の帆が、ぬうと通ってゆくのです。唐《とう》人髷《じんまげ》に結《ゆ》って中形《ちゅうがた》にお七帯《しちおび》かなんかをしめた町娘が小走りに、明石町《あかしちょう》から箱崎《はこざき》の方へ橋を渡ってゆく風景は、今は昔です。

鎧橋《よろいばし》から海運橋《かいうんばし》、堀《ほり》どめと、あの汚い河だけれど、水に青ざめた影をおとす並蔵《なみくら》は、夏のゆうかたになくてならない背景でした。

日本橋《にほんばし》の両仲通《りょうなかどお》り、深川《ふかがわ》の富岡門前《とみおかもんぜん》、坂本町《さかもとちょう》、神田《かんだ》旅籠《はたご》町《ちょう》から大時計のあたり、お成道《なりみち》はいまもおもしろいとおもいます。錦絵《にしきえ》を売る店も商売になるものと見えて、

ラヂオの店と 江戸絵の店と
隣り合ってゐるやうに、塩せん
べいとパンゲツと合席してゐる
やうに、希臘と 天平と
大正と アメリカと バクストと
春信とを ごつちやにした
やうな
まあこんな風な
少女を想像して
見て下さい。

震災後はローマ字の商牌《かんばん》を屋根にあげて、店口《みせぐち》は洋風に飾窓などつけてやっています。隣りがラヂオの店でその隣りがポンプ屋、そうかとおもうと電気屋の隣りに、昔ながら黒焼屋《くろやきや》が立派に営業をしている。百年の昔には、婦女子のために江戸の土産として一文《もん》か二文で売っていた江戸絵が、いまは何千円何万円の価《あたい》を持って商われるのも不思議だが、黒焼屋が土蔵にかしや札《ふだ》も貼らないで、ラヂオの店と並んでたってゆくのも、おもしろい時代ではありませんか。

妻恋坂《つまごいざか》から天神下《てんじんした》、池《いけ》の端《はた》七軒町《けんちょう》から、団子坂《だんござか》、日暮里《にっぽり》は、好きな街だったが、いまはわずかに七軒町が残ったばかりだ。

万世橋《まんせいばし》から講武所《こうぶしょ》を上って、お茶の水橋から、飯田橋《いいだばし》、あの河岸と牛込見附《うしごめみつけ》のとこの荷揚場はいまでもなかなかおもしろい所だ。「あたくしこの道が東京で一番好きです」とある婦人が言ったのをきいて、私は、この婦人にしてこの砲兵工廠前の荷揚場のスケッチ画風な面白味がわかるのかなと心中《しんちゅう》ある喜びを持って、「どこが好いのですか」とたずねると「道が好いでしょう、だから自働車がゆれないで大好き」というのだ。なるほど宮城《きゅうじょう》前の広場は、自働車散歩者にとっては玄海灘《げんかいなだ》であるわけだ。赤坂の東宮御所前などは自働車で走らせるに快適な道だろう。東京の名所も、愉快な街もこうしてだんだん変ってゆくのだ。こうなってくると、清水谷《しみずだに》公園へゆくあの昔めかしい弁慶橋《べんけいばし》も、自働車散歩者にとっては、是非石の橋でなくてはなるまい。あすこはなんという町だったか、赤坂帝国館の裏の虎屋《とらや》という名代《なだい》の菓子屋のある町から田町《たまち》へかけても好い街だった。

それから四谷見附《よつやみつけ》の麹町《こうじまち》十何丁目かのあの一町《ちょう》ばかりの間の裏通りも好い。いつか有島生馬《ありしまいくま》さんと庭の空井戸にかける竹の簾《すだれ》を註文にいって、生馬さんに注意せられて見た薬屋もよかった。

あんな家を写生して残しておかないと、もう間《ま》もなく見られなくなるだろう。市ケ谷見附《いちやみつけ》から入って三番町へゆく電車通りに一軒菓子屋がある。なんとか饅頭をうる家《うち》で、窓飾《まどかざり》に古代人形を出してある家《うち》で、あの人形が好きでよく、饅頭を通りすがり買いにいったが、震災でどうなったかと案じてこのほどいって見たら、店つきは変っていたが、人形は無事であった。よそごとならずうれしくて、そこの娘さんにその事を話したほどだった。人形といえば浅草の雷門《かみなりもん》の四つ角から並木の方へ二、三軒いった所に、三太郎ぶしを売る家《うち》に、黄八丈《きはちじょう》のキモノを着せた人形があったが、あれはどうなったろう。

浅草も変った。仲店《なかみせ》の、あれも虎《とら》の門《もん》や上野の博物館や銀座や十二階とおなじ時分に出来たと思われる赤煉瓦の長屋の文明開化趣味も、もうなくなった。いま新しく建築中だがこんどはどんなものになるのだろう。安い西洋菓子のような文化建築をデコデコと建て並べなければ好いと案じられる。仁王門《におうもん》のわきの久米《くめ》の平内《へいない》から弁天山《べんてんやま》のあたりは、やはり昔ながらで、木立《こだち》が芽を出して、銀杏《いちょう》の木も火にも焼けずに青い葉をつけている。観音堂の裏の、江崎《えざき》写真館も赤煉瓦だけ昔のままで残ったがあのあたりはすっかり変ったものだ。どぶを隔てた金田《かねだ》の前の広い道も、どぶのわきの欅《けやき》の並木も、焼かれて伐《き》られて昔の面影《おもかげ》はない。花屋敷のうらから十二階へぬける、どぶわきの泥溝《どろみぞ》も今は趣《おもむき》がない。

このあたりを歩く男も女も、千種万様で、麻の葉の赤いメリンスの単衣《ひとえ》に唐人髷《とうじんまげ》を頭にのっけて、鈴のついた木履《ぽくり》をはいて眉を落した六つばかりの女の子の手を引いて、耳かくしをゆった姉らしい女は、女給らしく素足の足のうらが黒い。田村屋《たむらや》がちくせんあたりの小紋風《こもんふう》な浴衣をきた好い女房がこれはまたなんとしたことか、ドロンウォークの長襦袢《ながじゅばん》をきている。下駄《げた》も鹿島屋《かじまや》がなくなってからこのかた、この女も、蝶貝《ちょうがい》のえせ表現派模様をちりばめたごてごてしたものをはいて歩いている。

ここの三味線を奏する職業婦人はさすが土地柄だけに、この種の婦人特有のあの襟をにべもそっけなくきちんと、首へ巻きつけるように合せるくせがなく、肌をほの見せてゆるやかに襟を合せているのはおもしろい。

日のうちの洋服をぬいで、銀座の散歩に仕立おろしの中形浴衣《ちゅうかた》を引かけた十六、七の娘は、まるで日本キモノをアメリカの娘がつんつるてんに着たという恰好《かっこう》です。襟をぐっとあけて、乳の上を帯でしめつけて、腰帯《こしおび》は申《もう》しわけに胃袋の上の肋骨のとこへ、バンドのようにしめて、そこから下はどぼんと、まるでスカートを引いたようにキモノを着たところは、すこしもおかしくない、発育の好い肉体を、従来の着物が表わし得なかった包み方で、実に新しい感覚を持ったものだ。これは洋服が表すことの出来ない、日本のキモノが持つ美しさだとおもう。これは神楽坂《かぐらざか》の紅屋《べにや》で見かけたのだが、支那服に耳かくしをした少女を見たとき、これはおもしろいとおもった。なんのことはない天平《てんぴょう》時代の風俗だ。あれでもっと大どかな紋様のついた布《きれ》をつけたらそっくり天平だ。元来耳かくしが支那あたりから西洋へ近頃いったのが久しぶりに日本へ逆輸入したものだろう。東洋のものが西洋へいったのは、バクストあたりの舞台のデザインが与《あずか》って力あったことと思われる。近頃少女の洋服に共布《ともぎれ》で、バンド代りに結んで下げるあの紐も、たしかに日本からいった逆輸入で、あれが新流行だからおかしいではありませんか。このごろまた日本でも、ちょっとした掛額《かけがく》の絵やクッションや、手提袋《てさげ》の模様に応用せられる、ブラック・アンド・

ホワイトの図案は、日本の切子《きりこ》細工《ざいく》や、刀のつばなどから暗示を得たものらしい。日本人も外国のものをとり入れるまえに、もっと日本の古いものをいま一度見返して工風する必要がこの辺でありそうだ。

東京の道のわるさは、雨でも降ったら、どうでしょう。ある毛唐《けとう》がホテルの玄関で「わたしのボートを呼んでくれ」と自動車に言ったという洒落《しゃれ》もうそではない。まるで浅瀬をわたるようなものだ。歯の高い下駄をはいたり足袋《たび》を二足もって外出するかわりに、道路の方の修繕を早く完全にする方が早道なのだが。読者諸嬢の父兄達にもし東京の市会議員とか復興局の役人がおいでだったら、個人の不当の利益を少し我慢して、早く私達の歩く道をよくすることを提議して見てはどうでしょう。

またまとまりがつかない文章になってしまいました。このつぎには「街の色彩と図案」について少し考えて見ることをお約束して、この筆をおきましょう。

（六月二十三日）

（『婦人画報』２３９、大正十四年八月一日）

（夕涼）

《画房漫筆》

人物画及《および》モデル

「夢二式の女」にいささか及ぶ

タプロー《（ママ）》としての人物画でなく、製版を経るブラック・アンド・ホワイトについて書いて見る。外国雑誌に見る木版風或《あるい》は自刻《じこく》木版の如き黒白《ブラック・アンド・ホワイト》は日本には入らずに過ぎた。さすが古い伝統を持つ東洋だけに、雑誌新聞の挿絵は、線描のものか、写真版でさえ線を基調にしたものが多い。日本画畑のせいもあろうが、洋画出の画家までが当節は黄表紙風な、面相筆《めんそうひつ》で筆勢《ひっせい》を見せた絵をかく、もの好きな流行さえ出来てきた。

もう二十年にもなるが、長原止《ながはらし》水《すい》氏が、スタンランやフォランの筆法を偲ばせるような、街上スケッチを見せたことがある。鉄道馬車中とか、いろは牛肉店の客とか、愉快な写生であった。その頃文芸倶楽部へ小《お》川《がわ》芋《う》銭《せん》氏の寄せていた草画は、長原さんよりも、もっと暢達で自由でバタ臭くさえあって、今日芋銭氏の独自性のうすい技巧の比ではなかった。その頃の「明星」に、いまなお一味清新な感興を覚えるものに藤島《ふじしま》先生の挿絵があった。影と光とを敏感な線と面とで浮かした黒白《こくびゃく》の効果はすばらしいものだった。方幾寸《いくすん》の紙面に動いている気魄《きはく》は、今時なまなか筆癖の末に勢いを見せたものとは、苦労が違っていた。池の端を歩いてゆく長コートをきた婦人の、後丸《あとまる》の下駄が斜に返って軽く裾をあげている、印象の鮮かさ写実の手堅さ。

一体挿絵の仕事が商取引になりトレードマークのようなサインを必ず記して多量生産を旨とするようになった今日、自分の画学生時代の挿絵を回顧するのも徒労ではない気がする。その頃中沢弘光氏はクレヨンを筆でいった風な温泉場や京阪地方風物を、ひとり楽《たのし》むといった気持で描いていた。その他日本画の古意《こい》に洋画の写実味を加えた中村不折《ふせつ》氏の日本新聞や藤村《とうそん》氏の「若菜集《わかなしゅう》」のさしえ。今はお座敷へ納まった平福百穂《ひらふくひゃくすい》氏が平民新聞へ寄せた北国の土民やアイヌの生活写生は、アンビシアスなものだった。

とかく科学渡来の当時であったせいかあたかも自然主義勃興前期であったせいか小説にも俳句にも写生が唱道された時代で、よし外面的な写実であったにせよ、今日の如く画室で作る平面な商品的挿絵ではなかった。

当時画学生の自分などチョーク板やスケッチ帳を抱て、早稲田の奥から新橋の停車場や浅草へ毎日のようにてくてく出かけたものだった。なかんずく、江川や青木の玉乗りは好適の写生場だった。一日に写生帳を五冊も描きつぶしたことさえあった。懐中鏡を写生帳の間へはさんで気取られないように汽車や電車で写生するのは、やさしい方で、道をゆく人を何町でもつけて写生したものだ。婦人のあとをつけて、電信柱に頭をぶっつけることは稀《まれ》ではなかった。ある時は、居酒屋で気の強い酔漢になぐられたこともあった。

読者諸君の想像に添えば、むろん自分は女の写生に多分興味はあったのだが、どういうものか労働者の生活に傾倒した時代があった。大根河岸、魚河岸、深川、千住の木場や、田町とか牛込の揚場とか、飯田河岸、汐留《しおどめ》、堀留《ほりどめ》などへよく出かけたものだった。後に感じたことだが、京阪地方の労働者は、風態によってその職業を推察するにむつかしい。たとえば嵯峨《さが》の百姓はハンテングをかぶって白い靴下に短靴をはいて畑に立っている、五条の豆腐屋は帷子《かたびら》を一着に及んでパナマの帽子を戴いているという風だ。東京とくると、身に染みて酒屋は酒屋、泥溝鼠《どぶねずみ》捕りもボイラアの油さしも荷揚人足、大工、左官すべて板について、まごう方なき風俗と風格とを備えているのだ。そんなこともコスチュームとして後には写生の興味に加わってきたが、魚河岸のアニイ連の風俗も時代の好尚が、実用を超えて変遷していておもしろい。今日一様に絣《かすり》のパッチをきりっとはいて、往年ダッチの木履《ぼくり》の如き麻裏《あさうら》に板を打つけた履物が、ゴムの長靴になったところ、バクストのデザインを想わせさえするではないか。

労働者の生活がつくる空気と共に、街のただずまいにも、東京の中でさえそれぞれの地方色があるのを面白がって描いてあるいた時代もあった。いまは昔になった明治末期の東京の街の話も面白いがここには書くまい。だが一つ、九段の田安門を写生にいった話がある。その頃自分は平民新聞に絵を寄せていたかどで、むろん文学的社会主義を奉じていた際でもあったのでどこへゆくにもスパイがついていた。ある時袴《はかま》をはいた学生に扮《ふん》した入念のスパイが「美学を修めたい志望」を述べに画室を訪問して、しどろもどろの美学に化の皮をあらわしたものだが、その画室は写真屋の跡で毎週モデルを雇って同勢七、八人で勉強していたものだ。いずれも乱髪破帽のあやしき人物のことで、スパイの思えらく、しゃ山賊の一味徒党の陰謀をこらせること必定《ひつじょう》と思ったのであろう。いつも門の前の電信柱のかげに、すりへった下駄に爪の出た紺足袋《こんたび》をはいた乞食《こじき》のようなスパイが、待伏せしていた。われわれが上野あたりへ出向くと、博物館へでも、江川の玉乗へでも、月島のボートへでも必ずついてきて、鉛筆をなめながら仔細ありげに何か手帳へひかえたものだ。見かけは天晴《あっぱ》れ不逞《ふてい》の一味の者共、何するものぞ、首尾よく梯子《はしご》の頂上まで登りましたるサーカスの子が吹きならすクラリオネットの一曲に涙をながしていたのだ。

田安門の写生は一人だったとおもうが、今市電の曲り角になっている濠《ほり》の土手に腰をおろして、門の瓦の愉快な傾斜と、白い壁と石垣の線条の美しさに見惚れていると、例の乞食スパイがぬっと現われて、件の手帳を出して鉛筆をなめているのだ。自分はぷっと吹き出すところだった。思えらく「何月何日不逞《ふてい》の徒某《とぼう》濠の深さ幾《いく》尺《しゃく》なるやを計《はか》れり云々」とその筋へ報告したことだろう。

その頃のことだ。スパイにつけられるほどの人間いずれ泥棒か詐欺師《さぎし》に違いあるまいと、隣近所の思わくもこちらへ反射して住心地もわるいし、家主《やぬし》からは体よく立《たち》退《の》きを命ぜられるしまつ、それから銚子の海岸へ住みかえたのが病みつきで、追われ追われてついこの二、三年前まで旅心地で、習慣は市民の心を失わしてしまった、自分を時に気の毒にもおもう。

話が人物画から脱線してしまったが、おなじ平民新聞に絵をかいていた百穂氏芋銭氏等《ら》は自ら賢明な道を選まれたものだと、羨望に堪えない。

今少し余白があるらしいから人物画のことを加えよう。ある製作をするにあたっては、まず、ある思想とか観念とか感覚乃至《ないし》は構図とか各のモテーフ〔モティーフ〕によってはじめるのだが、自分近来の傾向では、スケッチとかクロッキから手がかりを求めて画面をまとめるが、ある時代には、文学的な主題が準備されて、つぎにモデルを持ってきたものだ。だから、モデルの特質や容姿はさして主要でなかった。ある姿勢《ポーズ》のためのモデルであった。或《あるい》は、ある構図のための姿勢《ポーズ》だった。

　このほどある年配の夫人がきての話に「あたくしが女子大学にいた頃のことでしたわ、クラスにそりゃもうあなたの絵そっくりな生徒がいましたの、×××子さんと仰言《おっしゃ》るんです、御存じ？　でしょう。おや、そうざんすか、あたくしたち、きっとあの方をモデルにしていらっしゃるんだって、すっかりきめていたんですわ、まあ、そうですか」というのだ。自分はその人の名をいわれても思い出せないし、モデルにした記憶もない。偶然そんな人がいたことは不思議でもあるが当然でもある。

　よく細君をモデルにして描くのかと聞かれたものだった。私の細君は夢二式の女ではなかった。その時、いわゆる夢二式の女がぞくぞく生きて生れて街をあるくのを見たが、その頃、現存した人物をモデルにしたのではなくて全く空想から生れたものだった。往年夢二式の女といわれる女性を数多く見せられたが一人として、僕自ら夢二式なりと思うのに、不幸にしてあわなかった。夢二と名乗る芸者、夢二の女と呼ばれる女性を、旅先きなどで引合されて、鼻白む心持を経験しないことは稀だった。

思い出すのは、夢二式の女をさがしては見せに連ていってくれた画友のことである。さすがにその頃の夢二式の女を見せてくれたものだ。必ずしも眼が大きくはなかった、腰が細いと限ってもいなかった。

「死にたくもないわ、面白くもないけど、面白いわよ、たまにはね」そう女はいってきかせた。花屋敷《はなやしき》の泥溝端《どぶばた》をあるいていると「破門さん、もっとおてんとう様の方を見ておあるきなね」そう呼びかけられて、画友の顔を見返ってぎょっとしたこともあった。夢二式の女は浅草に限ってはいない。麹町《こうじまち》の……まあこんな風なことを書き出すと、文字を書く仕事もなかなか愉快になってくるものだ。読者諸君そうお思いになりませんか、書く方が好い気で書くのだから、読む方も楽にきまっている。ときめて先きを書きたいが、何しろ課題が「人物画の苦心談」であって見れば、思い出話は割愛せねばならない。

僕から科学的人物画の組織的描法を聞こうとしている読者はないだろうが、あんまり軽くすべった筆に、機嫌を悪くしたかもしれない読者よ。もう少し浅草を語りたい。その頃の浅草の仲間で宮崎与平《よへい》、山田清《きよし》、万代恒志《つねし》、木下茂《しげる》の名を記憶して

（これが彼を罰せんため神のつかわしたモデル　夢二）

いる読者があったらうれしくおもう。木下のほかはみんな死んでしまったが、それぞれに稀れに勝れた天分を持っていた。「青いキモノをきた浅草の女」を描いた当年の木下茂もいまは変な裏道へまぎれこんだ。彼を惜しむものは、ただ自分一人ではないとおもう。

裏道といえば、われながらいつまでも裏道を歩いている自分を、今更顧みる。浅草の女へ自分をよく誘っていったその画友も今はこの世にいないが、ある日、上野の山から拾ってきてくれたモデルが、後年悲しむべき愛慾の対象になろうとは、彼も知らなかった。「神は彼を罰せんため、一人の女性を彼の許につかわしたまえり」だった。

（一九二六・八・二五）

（『サンデー毎日』5-44、大正十五年十月三日）

《離婚物語》
選まれて語る

私が選《えら》まれたわけですか。

もし自分の体験をお話ししなければならないのだとすると私にはその資格はありません。何故《なぜ》なら離婚という物語の後篇は結婚という前篇がなくては成立しないからです。では結婚したことがないのかと訊かれるとこれまたちょっと返事に困ります。一体結婚というものはどんなものなのでしょう。従来の結婚制度がこうであったとは言うことが出来ます。これからの結婚はどんな風にすべきか――つまり合理的の結婚、そうなると話がごたついてきます。まあ常識的な結婚の意味で離婚の話をすることにしましょう。

さて私の最初の家庭生活もやや世間のいわゆる結婚儀式に似寄《によ》りの形ではじまったと思います。これは女の里の親達が結婚というものはやはり外《そと》から世俗的に形をつけてゆくべきもので二人の間の愛などというものだけでは十分でないという主張を容れてやはり法律的の手続などをしたり、先輩の玄関まで花嫁を携えていったり知人の間へ通知を出したりしたものです。この様式は二人の愛で結ばれた生活は二人の愛の消滅と共に崩壊する危険を遠巻きに防ぐ手段で、世間にしきたりの結婚のトリックでした。

若い私達のは、そういう世間並な垣根を乗越えて愛の消長ばかり見守って正直にメイトルを量っていました。むろん私達は日常生活についても無智であったように、我々の性的生活に関する智識を持たなかったために、感覚と感情とが喰違ったり理性と叡智とが噛合ったりして苦しい実験時代に十年の年月を費してしまいました。

別れるということはむずかしいものです。上手《じょうず》に別れるということも、朗らかに別れるということも。夫婦に限らず、恋人同志の場合にも手際よく別れることが恋愛の妙諦《みょうてい》だと言われる。

この正月に私は伊香保《いかほ》へ山を画きにいって偶然一人の画友に出会って話はある女と男との恋愛問題に落ちてゆきました。

「あの女はあれでなかなか金のかかる人なんだそうですね。だから今別れてはあの女が持ちきれなかったと言われるのがいやだって、T氏が言っていましたよ」

「へえ、T氏はそんなに世間的なことを気にする人かなあ、しかし或《あるい》はそうかも知れないね」

「まだ未練があるんですね」

「さあ、あれが未練というものかなあ。ただあの人ははじめからそうだったがあの女に自分が価《あたい》しないと思ってみたり、あの女は年が若くて世にも美しい女だと思って自分にひけめを感じているところから恋愛の結晶がはじまったのでもあるし、その結晶がどうも透明でないのだ。だから女が気まぐれな思わせぶりを見せてふいと家を飛出すと、男はひがみと嫉妬のためにじっとしていられなくなってまたぞろ家へつれてくる気になるんだよ」

「そうですかね、なんにしてもよく家を出る女ですね」

「家をよく出るのか、よく帰ってくるというのだかね。なんしろ一人の男に見られていたんじゃあ満足でないのだね。誰でも好い自分の方へ話しかけてくれないともの足りない女なんだ。ただもう人の注意を引くような様子をして外を歩きたいのだ、道をゆく人が可笑《おかし》がって見るのでも自分の方を見ていてくれさえすればうれしいんだからね、いやおそらく世間の男は悉《ことごと》く好意と興味を持っているものと思っているほど無邪気なんだから、それがT氏の神経を刺撃するんだ。あの女がもっと順良であったら或《あるい》はちゃんとした所へかたつき(ママ)でもしたらT氏もあんなに苦労しないでも好いのだが。競争者があるということだけで恋の結晶がはじまる場合さえあるんだから自分のものになっている女が、ふらふらと男の中へ毎日出かけたんじゃ色恋を通り越してむしゃくしゃと苦労が絶えないわけだよ」

「それじゃなかなか外見《よそ》で見るほど羨《うらやま》しいものじゃないようですね」

「いや、そう簡単に羨しがったり笑ったり出来るものじゃないよ。あの人たちは恋の型が違っているんだ。女の方はドン・ジュアン型だし男はウェルテル型なんだ」

「へえ、そんな型が出来ているんですかね」

「矢張《やは》り人形じゃあるまいし型へ入れて作ったわけじァないが昔読んだ本にそんなことが書いてあったから思い出したんだ。ドン・ジュアン型の恋は世間に知れ渡ることがまず必要なんだ。だから自分の満足は対象の物質の上にばかりあるんだね、そしてその対象物がいつも自分の手の届くところに、自分の支配下にあると信じることだけが満足なんだ」

「すこしむずかしくなりましたね、話が。それではウェルテル型というのはどういう型です」

「まあそんなくだらない講義はよそうよ。ロマンテックに言えば恋というのは、摘まれた一茎《ひとくき》の薔薇《ばら》のようなもので、日向《ひなた》へおくとすぐ枯れる。ドン・ジュアン型は日向へ日向へと持っていってすぐ恋を殺してしまう」

「というのは、どういう訳です」

「まあ、その説明はよそうよ」

「それじゃ、あの人達はどこまでいってもあんな風でしょうか」

「そんなことは悪魔に訊きたまえ、ぼくの本には書いてないよ。なんしろドン・ジュアン型の人間の恋は一種カラ株《かぶ》の取引のようなものだからね、熱情のおきどころが、ウェルテル型とは違っているんだ。いつまでたっても満足することも、幸福になることも出来ないように出来ているんだ」

「ああいう女は娼婦型というのじゃないでしょうか」

「さあ、ワイニンゲルがおもしろいことを言っているよ。さっき宿屋の番頭が持ってきた画帖で思附《おもいつ》いたんだが大臣だの知事だのというものは画帖に忠君愛国なんて字を書いてやって卑賤な民衆に汎《ひろ》き恩恵を垂れた気でいるのだ、街の娼婦にも恰《ちょ》度《うど》こんな意識があるものだ、出入《でいり》の唐物屋《とうぶつや》の小僧に愛相の好い言葉をかけてやることにも得意になれるんだ。道をゆく犬にさえ感覚を散布することを忘れない。そんなとこから考えると、あの女も娼婦型と言えるかも知れないね」

「しかし子供を引取って育てていますね」

「それが娼婦型でない証拠にはならない。(エマアスンによればナポレオンはかれら民衆の万歳と賞讃とを刺戟するために常に街を歩いた)とある」

「なかなか手厳しいんですね」

「ぼくではない、ワイニンゲルが厳しいんだよ」

この辺で、私は山の宿の茶話《さわ》をきりあげることにしましょう。ここにお断りしなくてはならないことは、男女間のこういういきさつをこんな露骨な言葉で話したことを上品な貴婦人並びに令嬢方にお詫びしなくてはなりません。しかしこれは今も言った通りワイニンゲルの長い研究によるもので、最後に私は大方の婦人の読者諸君は毎号本誌の巻頭に掲げられる新婦新郎の写真にこそ興味を持たるるが離婚の話などに同情がないという――つまり女性には男女の結婚を促す媒合《ばいごう》の特性が著しいという、これもわがワイニンゲルの説を引用して、この話を結ぶことにしましょう。私のこの文章を我慢して読んで下さるものずきな読者がもしあったとすると、あなたは私のゴシップ的離婚話をひそかに期待なすったかと邪推するのですが、私にはもう結婚話も昔あったように近来離婚の沙汰《さた》もとんとないことを申上げたい。さてワイニンゲルがいうには――結婚またはその他の形式によって二人の人間を接近せしめ相互の理解を進める、そしてかれらの性的結合を助成する。一人の間に理解を生ぜしめんとするこの欲望はあらゆる女に依って極めて幼少の時代からその傾向を示す。幼き少女は常に彼女の姉の恋人達のためにしばしば使者の役目をつとめる。

――彼女は女ばかりでなく、男に対しても結婚を慫慂《しょうよう》する、母親は、しばしば息子の結婚の最も熱心な執拗《しつよう》な主唱者である。

――あらゆる場合に於て、最も強き動機は媒合の本能であり、独身に対する単純な反対なのである。

――女が彼女の娘達を結婚させせんとする時純粋に本能的固有の衝動に従うことは明白である。

――母親は彼女の娘のために結婚を取極《とりき》めるのと他人の娘のためにする間になんらの差別もない。媒合は純粋に女性の心的特質である。

――彼女は劇中の主人公と女主人公たる恋人同志が口論をはじめることを期待する。これも媒合の心理的経過で、やがて男と女とが結びつくのを見んとする欲求に外ならぬ。女が上品でもしくは下品な多くの本に於て残酷な場面を期待する烈しい興奮は主要人物の性的結合を見んとする欲求に外ならぬ。

――女は二人の恋人が共にあるのを認めた場合、つねにその発展を待ちのぞむ。

即ち彼女はその成行《なりゆき》を期待し予想し希望し欲求するのである。予《よ》はある中年の既婚婦人が、その召使が情人を彼女の室に…………

言わせておけばワイニンゲルは、淑女諸君にこのうえどんな失礼なことを申上げるかわかりません。私はもうこの辺でこの稿を結ぶことにいたしましょう。

（一九二八・一・一二）

（『婦人画報』２７１、昭和三年三月一日）

猫のような女

おそらくヴァン・ドンゲンの画く女ほどすぐ猫を連想させる女はあるまい。ドンゲンを黒猫とすれば、ロオランサンは白猫だ。絵の趣きを見るにドンゲンの黒猫にはしつこさが足りない、ロオランサンの白猫にはかわいさが足りない。これはやがてドンゲンとロオランサンの相違で、彼と彼女との性情の相違と考えられる。

春草《しゅんそう》の描いた「落葉と猫」の黒猫には一味《いちみ》のすごみがあったとおもう。これは日本と西洋の差で、ロオランサンをフェアリイとすれば春草は怪談の感じだ。戦場に於て西洋の兵隊から見れば日本の兵隊は実にちみもうりょうに見えるそうだが、どうも日本の女の方が化けて出る感じが多い。西洋の女は七生《しちしょう》まで化りて出る根気がなさそうだ。どろどろ柳の下の井桁《いげた》から出てくるには、くずれた島田髷《しまだまげ》かちらし髪でないと板につかない。断髪で出てきてはせいぜいすごくてもがまの仙人くらいにしか見えまい。形の上からのみならず日本にはだんだん化けて出る女が少くなるような気がする。

フェアリイのお婆さんが黒衣のブラウスをきているに反し、日本の幽霊はことごとく制服は白衣に限られている。黒い色よりも白い色の方がしやることもあればすごみも深い。

さて「猫の如き女」だが、自分に仇《あだ》をした男の寝ている梁《はり》のうえを出刃《でば》をくわえて歩いたという話が福島県の柳河にあったそうだが、自分はまだそんな女を見たことはない。

白い猫の感じを持った女を一人思出して見よう。昔京都の友人の許《もと》に客になっていたある夏のことだ。毎日御所の弁財天へ朝の朝歩をする習いだった。弁天様へ願をかけた水桶を朝露をふんであげにくる女達を、生れ年を、その名をたんねんに気をつけて見て歩いたものだった。この名の持主があの名の人だとわかってくる興味もさること、心ひかれる一人の女性があった。およそ純白の感じで髪の黒さとあざやかな頰紅《ほほべに》を今も忘れない。珍らしくその人は東京の言葉を話すことを知ったのは、相見《あいみ》て五日を出ない朝のことだった。

朝のつとめに出かけるこの家《や》の息子であるところのぼくの友人が、朝寝のぼくの室をのっくしていうには「お客様だよ。白い猫のように美しい」と伝えた。

「誰だろう?」寝衣《ねまき》を着かえて応接室に出てみると、いかにも白い猫のような、美人は、弁天様へ朝詣《あさまい》りをしていたその女の人だ。

小さい赤い唇もそう見れば猫の感じだ。ちゃんと着物は身につけて帯もしめているのであるが、それが裸身《はだかみ》の白い猫の感じだ。

「よくぼくの所がわかりましたね」

「え」

彼女はまばたき一つしない、いや決してしなかったのかも知れない。猫という動物も決して神経的なまばたきをしないものだ。

彼女は生れた国も、名も告げなかった。そしてどこにどんな風に住んでいるのかも言わなかった。知らせようとしないものを、知らねばならぬ必要もなかった。

それだのに彼女はある時ぼくにこう言った。

「先生、あたしと結婚して下さい」

ぼくはこの時、なんと答えたか今記憶していない。なんしろ彼女がそういう世俗的な意見をもらしたところを見ると、やはり猫の如くファミリアルな女性であったことは事実だ。彼女の野性を愛したぼくが、彼女と結婚しなかったことも、それからはそうたびたび逢う機会を持たなかったことも思出せる。

過ぎゆくものはなつかしい。白い猫の女も美しくなつかしく思出される。

（一九二八・一一・一七）

（『婦人画報』281、昭和四年一月一日）

モデルになる娘

A――記者　C――画家

A　モデル娘のことを話して頂きたいのですが。
C　モデル娘というと、絵のお手本になる方の娘のことでしょうね。
A　むろんそうです。モデル娘には何か面白いローマンスがあるでしょう。
C　どうしてそうお思いでしょう。モデル娘だってやはり普通の娘として育って、ただ職業としてモデルを撰んだだけでどこも違った所はありませんよ。
A　そうでしょうか、境遇がちょっと違っているじゃありませんか。
C　相手が美術家だからというのでしょう。すると美術家も、世間からは特殊な人間に思われているわけですね。
A　まあそうじゃないでしょうか。それにモデルになるには、特殊な条件があるのではないですか。たとえば体格だとか、容貌だとか、それにどっか違った容子がありますよ。何って言うか――どこかコケティシュな。

C　そんな事はないでしょう。昔は職業婦人はみんな髪結や、芸者や、救世軍はむろんのこと、電話交換手でも、女学生でも、教会の女でも、モデルの娘も一種の型を持っていたようですが、今は一見何ともかんとも分らなくなったようですよ。

A　昔のモデルはどんな風でした?

C　昔は――とうとう私にモデル話をさせるんですね。よろしい、では昔話からはじめましょう。

A　是非どうぞ。

C　今のモデル屋の宮崎の先代の女主人がモデルがプロフェショナルになった最初の女だそうですよ。何でももとは旗本の娘かなんかで、上野公園へ茶店を出していたお菊という女を、その頃の美術学校長だった岡倉さんが勧めて、着物を脱がせて、モデルにしたのだそうだ。

A　ではロテ〔ロティ〕のお菊さんのような女だったでしょうね。

C　さあ、ぼく等が世話になった頃には、もうモデル婆さんで通っていたくらいだから、美人だか何だか分らない年頃で、自分でモデル娘の周旋だけしていたから。

A　その時代にはどんなモデル娘がいましたか。

C　黒田さんがよく使った、唖のお千代というモデル娘は、時々モデル台の上から先生に飛びついたそうだ。ぼくは使わないからお千代は知らないが、この頃の白馬会の連中は大分悩まされたって言う話だ。

A　W画伯はモデルと大分艶聞があったって話ですが、そうですか。

C　さあ、あったかも知れないが、なんしろあの頃は、君がさっきも言われたように、モデルになる女は自堕落な女かなんかでなくてはなれないように思っていたし、雇う方も、まだ、第一世間だって今よりはロマンチックだったから、浮名も立ったわけですよ。今のように商業主義になっては、モデル娘だって浮名の立ちようもないでしょう。

A　その頃の作品になったモデルの有名なのがありますか。

C　和田英作氏のお七のモデルは、後に烏森の芸者になったお仁だと言うし、岡田三郎助氏のお静だとか、中村不折氏の「孟母断機」のおさき、新海竹太郎氏の「弁天娘」のおかつだとかね。しかしモデル列伝なんかつまらないではありませんか。実際は作品とたいした交渉がないのですからね。

A　作品とでなく、作者にもっと交渉の深いモデルの話はありませんかしら。

C　そんなのは一種の美談でもう伝説だ。

Ａ　そんなのを一つ聞かせて下さい。

Ｃ　モナ・リザのような話は日本にはないようだが。京都の方にいた頃こんな話がありましたよ。何でも堀川辺の友禅の下絵を描いている男なんだが、文展へ是非通りたいというので、主人の娘をモデルになって貰って、六曲一双の費用をやっとまあ工面して、この男でも文展へ通れば、という空頼みと、主人もいつか掛けてくる。本人は、その暁は娘に結婚を申込むという大それた空想がだんだん増長して来たものと見える。たかが友禅画描きでも、絵筆をもってたつとモデルの方を見つめた眼は輝いて、ひとかどの芸術家に、その娘には見えたのがすべての不運のもとで、文展落選、出入法度ということになった。

Ａ　そんなのが実際あるんでしょうね。

Ｃ　こんなのがある。あるモデルがある彫刻家の仕事場へ通っていた。彫刻家は気軽な好人物なんだが、仕事となるともう一心不乱で超人的な人間に見える。といつの間にか、その十七になるモデル娘は、――そのモデル娘はモデルになってはじめてこの彫刻家の許へ雇われてきたので、年は若いし、経験はなし、一つの部屋の中で、若い愉快な青年と二人でいるのだから、いつの間にか恋してしまったものだ。片方の彫刻家にとっては、ただ一人のモデルで、眼前に白い兎が動いているぐらいで、前週使ったモデル娘も、今週はじめたこのモデル娘も、異った心持では対していないのだ。一週間が――娘の考えるには、夢のようにすぎて、やがて二週間目になると、どうもモデル娘変なので

「おい、お前眠いのかい」

「いいえ」

「どこか悪いのか？」

「いいえ」

「じゃ、しっかりしろよ。もっと二の腕に力を入れてくれ。そうだその調子だ」

彫刻家にそう言われて、娘は、はっとして顔を真っ赤にして、もとのポーズをとるのでした。何か自分の心持に、自分でははっきり意識しないほどに、男を思いそめていたのを、見抜かれた恥かしさにすぐまた姿勢《ポーズ》がくずれて、夢見心地でぼんやり、モデル台に立上るのです。

「仕様がないなあ、もう今週で仕上げるつもりなんだよ。もっとしっかりポーズを作ってくれなくちゃあ困るよ」

「はい」

娘はそう言って、また、夢見心持から甦るのでしたが、もう今週で製作が終る

と聞いて、悲しくなったのです。製作が終るともう、自分には用はない。製作の完成する日が近づくことは、自分の愛する人にもう逢えなくなる日が近づくことだ。娘は、あさはかにそう考えました。

娘の恋は、製作といっしょに日一日と成長して、我知らず心で育っていたのです。

ある日、娘はアテリエから帰りしなに、完成に近づいた自分の立像をじっと見つめていました。熱い涙が娘の眼からぼろぼろと落ちていました。娘はいきなり泥人形の首をもぎとって、どんどん、走って帰りました。

翌日、彫刻家は驚きました。

娘は、彫刻家の足もとへ、泣きくずおれて、「あたしの首も、あなたがもぎとって下さい、そうすれば、あなたのお腹立もなおろうし、あたしの望みも叶います」と言うのです。

A　それは、実際の話ですか。小説ですか。

C　本当さ。「実録模《じつろくも》泥《で》瑠娘《るむすめ》雪白首《ゆきのしらくび》」という題で小説にするつもりなんだ。今一つ、これは小説にあったんだけれど本当よりも本当だから話しましょう。これは画家とモデル娘が愛しあったのだが、どっちも自由なのだが結婚出来なかった。画家の仲間でも誰知らぬ者もないほど、許していたのです。そのうちに画家の方は、外国へゆくことになって、いよいよ出発という日がきまって、親しい、仲間うちで、その画家の画室でファシボール式の送別会をやったのです。その日はむろん、そのモデル娘も盛装してやって来ました。

「ようお幹ちゃん」

「これはこれは幹子夫人」

などとこの仲間独特のこの日はわけても道化けた変装をした人物が、お幹というこのモデル娘にからかったものです。

「涙でお白粉《しろい》が剝げたよ」

そんなことも言うのです。実際、お幹は葉山――これはその画家の名です――に別れることを考えて、笑いながら泣いていたんです。

「嘘だよ。お幹ちゃんの涙なんかお天気さえよければすぐかわくよ。見てろ、葉山の船が桟橋をはなれる時分には、お幹ちゃんは、横浜の公園を新しい恋人と歩いていらあね。」

戯談にしてはすこしあくど過ぎることを言った道化が一人あったのです。

「湯川さん、あなたそれを本当に仰言《おっ》しゃったんですか。あたしは何を言われても好いけれど、今日は葉山さんとお別れの日なんですよ。あたしは葉山さんに済まない」

お幹の真剣さは、一坐のものを動かして、何か苦しい空気が一室に出来てしまった。湯川という男は、気まずくなってきたが、酒の上ではあり、変にいこじになって、お幹が現にこの間も葉山でないある男と池の端を手を組んで歩いていたというような話までして、自分の言分を立てようとしたのです。

「湯川さん、何とでも仰言しゃい。あたしはもうあなたとあったことないことの押問答なぞしようとは思いません。ただ、葉山さんに、愛する葉山さんに、別れの際に少しでも、あたしが不実に思われたり見られたりするのはいやです。だから、いまみんなに、あたしがどんなに葉山さんを愛しているか、その誓言を見せてあげます。あたしの葉山さん、さようなら」そう言ったかとおもうと、あっけにとられている道化人物の仲をわけて、画室の高窓から崖下へ飛びおりて死ぬという、モデルの娘の話です。

A　面白いですね。なんという小説ですか。

C　「岬」という小説ですがね。書出しはどこか岬の海水浴場のホテルのバルコンの客の会話からはじまるのです。その時、岬の道を、夕焼の空を背景にして影絵《シルエット》のような一人の男が、大きな乳母車のような車を押して歩いている。その車の中に女が乗っているんです。

A　シネマ式ですね。

C　その女がモデル娘です。窓から飛びおりて足が折れたんです。そこで、そのロマンチックな画家は、外国へゆくのをやめて、その娘と、海岸の淋しい辺土で埋れたる日を暮らすという筋なんだ。まだそんな話があるよ。

A　いや、今日はもうこれだけで沢山です。

C　そうですか。じゃさようなら。

（三月一日記）

（『改造』7-4、大正十四年四月一日）

夢二の言葉

絵としても、文としても、言葉にしても、自己の感傷それ自身ではない、感傷をそのまま画くことは出来ない。それならばなぜ、作をするのか。人の心の内に自分の影を映したいから。

（日記　明治四十三年四月五日）

少年が、憧れている世界は、『真』でも『善』でもない、ただ『美』くしければ好いのだ。

世の忠臣孝子が、楠正成や二宮尊徳の美談を熟読している時に。僕は、淡暗《うす》い蔵の二階で、白縫《しらぬい》物語や枕草子に耽って、平安朝のみやびやかな宮廷生活や、春の夜の夢のような、江戸時代の幸福な青年少女を夢みていたのだ。ああ、早く『昔』になれば好いと思った。

（『夢二画集　夏の巻』序文より　明治四十三年四月十九日）

挿絵は内より画くものと、外より描くものと二種に分ちたい。内より画く絵というのは、自己内部生活の報告だ。感傷の記憶だ。外より描くというのは小説や詩歌の補助としての、或《あるい》は絵画専門の雑誌へスタデーとしてのスケッチだ。

（『夢二画集　夏の巻』終りにより　明治四十三年四月十九日）

長途の旅を卒《お》えて外国人の心地で日本を見るとき。そこに新しい芸術は生れる。センチメンタルな私は花のようなデリケートな私の神経を打つもののうちにやはりローマンチックなものばかりが心をひく。

（日記　明治四十三年七月八日）

はじめて海を見る旅人の心。
はじめて世界を見出した原始時代の人の心。
その純な、謙遜な、驚いた心を得たい。

（日記　明治四十三年八月二十一日）

おれはとてもだめだ。もっとフレッシュな新しい生々しい感覚が感じられないもの

かしら、これでは　今、筆をとって絵をかいたとて、当今の日本の画工諸君以上の
見方も描方も出来はしないだろう、
もっと驚きたい、もっと痛感したい、

（中略）

恋人があった頃には月はもっと美しかった、もっと絶対だった、
私はそれが悲しい、恋人がないのよりは　月に狎《な》れたのが悲しい、
おれの芸術はどこにあるだろう。

（日記　明治四十三年八月二十一日）

僕はほんとうにすべてに別れたい、僕の過去はすべてこれ不愉快と不幸との連続だった、
著書があった、
名があった、ハズバンド、ラバー、パパ。
名にも著書にも別れて
そして人類の心にいつも響く人情の哀音を聞きたい。

（日記　明治四十二年八月二十八日）

余の心はちいさき日本にあらず、芸術の国なり、

（日記　明治四十三年九月二十日）

私は結論へ到達したくない。いつもプロセスにいたい。結論へ来るとき私は公衆が「拍手喝采」してくれないと辛いから。またあまり拍手喝采されると、あがってしまった、もっと何か言いたくなるから。

（日記　明治四十三年十一月二十一日）

芸術家よ。
小学校の生徒を教えんが為めに、自然の剝製と写真とを画くこと勿れ。隣人の為《た》めに旅行の様を説明せんとて山水の地図を画くこと勿れ。
汝自身のランゲーヂを持って歌え。
絵画は説明にあらず、歌なり。

（『夢二画集　冬の巻』より　明治四十三年十一月二十二日）

因襲の外をゆくことが最も進んだ芸術の道であらねばならぬ、否それが新芸術それ自身だ。

（日記　明治四十四年一月七日）

思想をもった絵、個性の烈しい絵、実生活をかいた絵、或は実感そのままの絵という意味であった。俺はそれで安心した。そして、そんな絵とはおれのゆく道だとおもってうれしかった。

（日記　明治四十四年十月五日）

考えても考えても、自分は生きねばならぬのだ、イヤ、パンのおあしをかせがねばならぬのだ。

（恩地孝四郎宛書簡　明治四十四年十一月九日）

恋愛のない男女生活はもはや私の趣味ではない。

（日記　大正四年九月九日）

清く悲しくあるべし。
悲哀を謀殺してはならない。孤独を暗殺《かえりう》ちにしてはならぬ。聖なる神に裏ぎってはならぬ。

（日記　大正四年九月二十一日）

私はここに住んでほんとに巷の人となって人間の中から私の作品を作ってゆこう、誰にも知られず、誰にも見向かれぬようになってもほんとに人間の血で人間をかきたい　私は死ぬまでかじりついていよう。

（日記　大正四年十月十二日）

路のかなしさ。人はゆき、人は来る。

（日記　大正五年一月十一日）

第一流になるか第三流になれ。第二流になることは最も平凡なことである。

善いことを望んでいながら、なんにもしない。ただその日その日のために日を暮している。そして望んでいることの果されない不安と悔《くい》とに責められる良心の反逆を晦《くら》ますためにいろいろな刺激を求める。お祭を見に歩いたり、運動を見にいったりする。酒をのんだり唄をつくったりする。しかしやはり怠屈だ。酒をのんでもすっかり酔うことは出来ない。一杯声をあげて唄うことも出来ない、女に溺れることも出来ない。やはり善良で弱い自分の心へかえってくる。

（日記　大正六年一月十五日）

そして善良さに徹底することの出来ない自分を見る。強く生きてゆく自分を見出すことも出来ない。さりとて弱く溺れてゆくことも出来ない、中途半端な所にいる。毎日こうした倦怠をつづけている。

（日記　大正六年五月二十一日）

船にゆくえを問うなかれ
それは風が答えるであろう。

（日記　大正六年九月二十五日）

自分は絵によって生きようとおもっている。夢二絵でもって生きなければならないのだ。

（日記　大正七年一月九日）

僕の色のくろいのは保護色だ。
自分はコスモポリタン。

（日記　大正七年一月九日）

眼で見たものの外はかけない。よんだものきいたものにはうそがある。絵でも小説でも。

（日記　大正十一年九月十日）

一人居るということはさして苦痛ではない。
しかし誰からも忘れられ見捨てられたとおもうことはたまらない。

（日記　昭和二年八月十二日）

芸術の技巧は時代と共に進歩に限りがない。科学はますます技巧を助けるだろう。ある絵のうまさには誰でも達しられる。だがもう一歩先《さ》きのもの、或《あるい》は色の線の言葉のうちのものはその人のものでなくてはならぬ。そこにある芸術の存在価値があり、その人にとって生きてゆく理由がある。

（日記　昭和三年十月十一日）

芸術家であることが誇《ほこり》だった時代もある。画家たらんとした時もある。今はただ一人の人間でよろしい。累々たる絵をかくシルクハットを被った紋付袴の帝室技芸職人の何と多いことよ。

（日記　昭和四年一月十六日）

これはいけないことです。死ぬことに感覚を持たないことは、生きることにも熱情を持たない証拠でありましたから。

（日記　昭和四年十一月五日）

好い魂のえは無価値なり　民衆は好い魂を見ることを知らない。ぼくのえの定価表をどう探してもだめだ　市価も肩書もない。見る人は肩書と師匠とけいれきを見るのです。

（日記　昭和四年十二月十九日）

思うに私は浪漫派《ロマンチスト》ではない。私の書いたもの（或《あるい》は描いたもの）から諸君がどんな批評をしようとも、私は眼で見ないものは書かない。写生しなくては描けない。実感の手がかりがなければどんなものも構成できない。

（日記　昭和四年十二月二十六日）

わたしはこの世を信じることが出来ぬように、あの世も信じられぬ。あの世がまっくらだからこそ死にたいのだ。

（日記　昭和五年一月二十八日）

むかし、左傾した雑誌へ画いたことがある。「どうしてそんな気持のわるい絵をわざわざ画くのか」と人々がきいた。「僕にとって一番切実な問題だから」と答えた。「どうしてそんな甘い絵ばかり画いていられるんだい」と絵をかく友人が言う。答える「パンになるからさ」

（日記　昭和五年一月）

あてもなく
私は海を越えてきた
どこで死んでも
そこはエルサレム
風のふく方へ

（日記　昭和六年十一月三十日）

忘却ということがなかったらおそらく私は発狂したろう。かずかずの悪意　度々の悪意にも拘らず生きてきた。

（日記　昭和七年三月九日）

おもえばこの世は学校で　卒業は死――

「マタア(物質)のうちにマインド(心)が宿る」

(日記　昭和七年四月)


図にのると人間はなかなか愉快な仕事を仕出かすものだ。図にのる事の出来ない人間がだんだん少なくなる。

(日記　昭和七年十一月三十日)


「人生は芸術を模倣する」

とフランスで死んだイギリス人が言いました。

私の人生は私の幼い時受けた芸術の影響を脱し得ないばかりでなく、或《あるい》は実践しているかも知れません。

(日記　昭和八年四月三日)

《解説》
詩人になりたかった夢二

私は詩人になりたいと思った。けれど私の詩稿はパンの代りにはなりませぬでした。
ある時私は文字の代りに絵の形式で詩を画いて見た。
（『夢二画集　春の巻』序文より、一九〇九年）

大正ロマンを象徴する画家として広く名を知られ、恋と旅を重ねドラマティックな人生を送り、現代においても脚光を浴びる竹久夢二（一八八四―一九三四）は一九〇九（明治四十二）年、二十五歳で世に送り出した初めての著書『夢二画集　春の巻』の序文に記したとおり、初めは詩人を志していた。四十歳近くに夢二が過ぎ去りし日を回想した文章でも「文字で詩をかくより形や色でかいた方が、私には近道のような気がしだして、いつの間にか絵をかくようになってしまった。」（「私が歩いてきた道」『中学生』第八巻第一号、一九二三年）と改めて記している。

夢二が生まれる二年前の一八八二(明治十五)年、日本における詩の誕生に大きな役割を果たした『新体詩抄』が外山正一らの手で刊行されて新体詩が盛んとなり、さらに浪漫詩、象徴詩、口語自由詩が出現する。夢二の才能を見出した島村抱月は「口語自由詩論」に一石を投じたことにおいても知られるが、明治期に興った詩の潮流が、詩人を志した夢二に、強く影響を及ぼしたことは想像に難くない。

〝文字で詩をかく〟──詩に限らず若き日の夢二は文字によって、自身を表現しようと試みていた。投稿時代に初めて紙面を飾った夢二作品は文章によるもので、一九〇五(明治三十八)年六月四日の『読売新聞』に投書した「可愛いお友達」と題する短い創作話であった。ほどなくして同月十八日の『直言』第二巻第二十号には日露戦争を批判した無題のコマ絵が、*さらに同月二十日発行の雑誌『中学世界』第八巻八号には、投書した「筒井筒」「母の教」のコマ絵二点が掲載される運びとなった。文字と絵の両方向から創作を重ねた夢二だったが、結果的に大きく認められ一世を風靡したのは、独創的な絵の世界であった。

しかしながら夢二の根底に流れる詩心は自然に文字となり、詩や短歌が綴られない日はなく、日記やスケッチ帖にもその跡が認められる。雑誌の仕事を多く受けてきた夢二はコマ絵、挿絵、口絵、表紙絵をはじめとする画家としての仕事ばかりでなく、自身の詩文に挿絵を付して誌面に発表することも多かった。

画家としての活動を踏まえてではあるが、最終的に夢二は、詩のみを公表する機会も獲得する。美術学校出身でなかった夢二は、画壇に属することなく画家として活躍したが、詩人としても自由な立場で、独自のスタイルを築き上げる。秋山清は夢二を「詩を絵でかいた画人、といわれている。むろんそれにまちがいないが、また絵を別にして彼が詩人であった、ということを疑うことはできない。」(「夢二の詩について」『別冊週刊読売』第三巻第一号、一九七六年)と鋭く指摘している。

＊ 夢二は画家としてスタートした時期、「コマ絵」という形式で絵を制作し、雑誌に多数寄稿していた。「コマ絵」とは、雑誌や新聞の紙面上に、周囲の文章と別に独立して描かれた絵。通常何らかの題があり、それに添った内容の絵が描かれていることが特徴である。

詩とエッセイ～著書と雑誌への発表～

本書は、夢二の著書もしくは寄稿した雑誌から詩とエッセイを選り抜いた。ここでは夢二の詩・エッセイが収録された、著書及び雑誌について触れてみたい。

〈著書〉

詩文や短歌を書き、挿絵を描き、さらに装幀(一部に恩地孝四郎装もあり)を手掛けた著書五十七冊を夢二は存命中に出版した。その内の三十冊に夢二が創作した詩の掲載が認められるが、このうち純粋に詩集と呼べるのは五冊で、『どんたく』(一九一三年)、『歌時計』(一九一九年)、『夢のふるさと』(一九一九年)、『青い小径』(一九二一年)、『童謡集 凧』(一九二六年)は、いずれも夢二の挿絵と、文章は詩のみで構成されている。*

夢二の場合〝詩〟は詩集だけでなく、次に挙げる二十五冊の著書にも収録されている。『夢二画集 春の巻』(一九〇九年)、『夢二画集 夏の巻』(一九一〇年)、『夢二画集 花の巻』(一九一〇年)、『夢二画集 秋の巻』(一九一〇年)、『夢二画集 冬の巻』(一九一〇年)、『夢二画集 野に山に』(一九一一年)、『夢二画集 都会の巻』(一九一一年)、『縮刷 夢二画集』(一九一四年)、『夢二抒情画選集 上巻』(一九二七年)、『夢二抒情画選集 下巻』(一九二七年)の十冊は表題に〈画集〉〈抒情画選集〉とあるとおり〝絵〟を主体に編集されているが、詩文も含む内容である。『絵物語 小供の国』(一九一〇年)、『絵ものがたり 京人形』(一九一一年)、『コドモのスケッチ帖 動物園にて』(一九一二年)の三冊は、絵のページと詩文が同じくらいのバランスである。『さよなら』(一九一〇年)、『桜さく国 白風の巻』(一九一一年)、『桜さく島 春のかはたれ』(一九一二年)、『桜さく国 紅桃の巻』(一九一二年)、『昼夜帯』(一九一三年)、『三味線草』(一九一五年)、『夜の露台』(一九一六年)、『青い船』(一九一八年)、『夜の露台』(改装版、一九一九年)、『恋愛秘語』(一九二四年)、『露台薄暮』(一九二八年)、『春のおくりもの』(一九二八年)の十二冊は、詩文に重きをおいて、要所要所に挿絵を挟み込んだ編集である。

詩集に限らず、夢二は著書の様々な場面に詩を挟んだが、画家として駆け出しの時期に当たる明治四十年代に多く出版された〈画集〉に詩を掲載することによって個性を発揮した。『夢二画集 春の巻』は、コマ絵から構成され〈画集〉という体裁をとりながらも、コマ絵の画面、あるいはその余白に書き下ろしの詩や短歌を組み合わせている。序で記した「私は詩人になりたい」という思いは、初の著書で早くも独白の表現形式を確立し、そのスタイルに対して『二六新聞』は「詩と画を調和せしめて一種の芸術を拓かんとせし人」(「夢二画集春の巻批評」『夢二画集 夏の巻』一九一〇年)と夢二を評したほどだった。

夢二が手掛けた詩集として広く認知されているのは、一九一三(大正二)年に刊行された『どんたく』で、夢二研究家の長田幹雄も「夢二の処女詩集とする事について異議のないこと」(「どんたく」『初版本復刻 竹久夢二全集 解題』、一九八五年)と指摘している。『どんたく』について説明を加えると、装幀は恩地孝四郎の手によるもので、扉ページには表題と共に〝絵入小唄集〟と記されている。代表詩「宵待草」を収録し、夢二著書の中で最も版を重ね、三十版(一九二二年五月十八日発行)まで確認ができる。『どんたく』について大岡信は「室生犀星の初期抒情詩との親近性」を示唆し、さらに「北原白秋の『思ひ出』などとも共通するところのある詩情を、彼独自の「細み」「やつれ」「清怨」「ためいき」の鋳型に流しこんで、それなりに、ひとつの完成品に仕上げている」(「竹久夢二の詩」『三彩増刊』第二百四十二号、一九六九年)と分析している。

ところで『どんたく』を含む夢二の詩集は、その編集に際し一度雑誌に掲載された詩を再録(時には部分的に言葉を変更して)していることが多い。場合によっては一度著書に掲載したものを、後に出版する別の著書に再録することもあった。その一例として「宵待草」が挙げられるが、この詩は夢二が一九一〇(明治四十三)年、避暑に訪れた銚子で出会った少女・長谷川賢《かた》への失恋体験から創作された。一九一二(明治四十五)年六月発行の『少女』第四巻第六号に〝さみせんぐさ〟の筆名で「宵待草」の原詩を発表しており、それは、

遣る瀬ない
釣鐘草の夕の歌が
あれ〳〵風にふかれて来る。

まてどくらせど来ぬ人を
宵待草の心もとなさ
『おもふまいとは思へども』
われとしもなきため涙。
今宵は月も出ぬさうな。

という内容で当初は八行詩だった。その後「宵待草」は、『どんたく』(一九一三年)において現在の詩形となり

まてどくらせどこぬひとを
宵待草のやるせなさ
こよひは月もでぬさうな。

の三行詩で発表、さらに『夢のふるさと』(一九一九年)に再録されている。

＊　夢二創作による詩を収録した本を詩集と定義し、伝承童謡や古くから伝わる小唄を編纂した著書（『ねむの木』『露地の細道』等）は含んでいない。

〈雑誌〉

夢二は児童・少年・少女・文芸・総合誌など多岐にわたる雑誌に詩を発表しているが、詩に特化した雑誌への寄稿は『民謡詩人』以外は見当たらない（『民謡詩人』への寄稿も多くの号で表紙絵やカットが大部分を占める）。本書に収録した雑誌掲載の最初の詩は一九一五（大正四）年だが、明治末期から『少女の友』『日本少年』に夢二は詩を寄稿していた。雑誌では見開き二ページで掲載されることが多く、その場合は画面上部に詩が活字で配され、下部に挿絵が付される体裁であった。雑誌掲載時には、総じて詩に自身の挿絵が伴うことが特徴で、夢二の絵筆によって詩は視覚的なイメージを形成し、メッセージ性が強調されている。自作の詩を自身で挿画できるのは、詩人画家ならではの醍醐味である。

夢二が雑誌で発表した詩は、著書へ収録されることも多く、その際は語尾など一部を変えることもあった。挿絵は紙面構成の関係からか、残念ながら割愛される傾向が多く見受けられる。

詩だけでなく、夢二は鋭い感性と批評眼を持って、数々のエッセイも雑誌に寄稿した。芸術、恋愛、女性、社会風俗等その内容は広範にわたり、文章からは制作の背景となる思想や日々の生活及び趣味、また知られざる素顔も読み取れる。「荒都記―赤い地図第二章―」(二三〇ページ)は、夢二も罹災した関東大震災の体験に基づく貴重な記録で、『女性改造』に寄稿され、時代の証言者としての一面も垣間見られる。

詩風とエッセンス

河井酔茗は早くより夢二を「抒情詩人肌の人」(「夢二画集春の巻批評」『夢二画集 夏の巻』一九一〇年)と評したが、まさしく夢二は自身の心情を詩に詠い上げ、〈抒情詩〉の世界を展開した。主観的な感情や思いを綴り、自身の内面を詩に投影したが、夢二は少女や子供を対象に創作した詩も数多く、この二つの分野については〈少女詩〉〈童謡〉として後述したい。

夢二が残した詩のテーマに注目すると、恋愛・女性・人生・孤独・旅・郷愁・自然・四季をはじめ、日常生活の一場面を切り取り、わかりやすく情感豊かに表現されていることが特徴である。夢二は絵画制作にあたり「私は眼で見ないものは書かない。写生しなくては描けない。実感の手がかりがなければどんなものも構成できない。」(日記、昭和四年十二月二十六日)という思いがあったが、詩においても実感を手がかりにして心情を吐露している。

また詩作に当たっては夢二が好み、繰り返し使用している言葉が認められる。

○悲しさ(かなしさ・哀しみ・かなしみ・悲哀) ○涙(泪・なみだ)

○心(こころ) ○別れ ○泣く ○風

の語は頻繁に記され、総じて感傷的な趣に満ちている。童謡は別として、美しい風景や四季、自然の風物を捉えながらも、どの詩も夢二が抱える切ない胸の内が、端的に表されている。

口語自由詩が中心ながらも、文語と口語を併用し、形式的には七五調や五七調を基本として音数を一定に保とうとする定型詩も認められれば、自由詩・散文詩もあり、表現のスタイルにはこだわらず、夢二は心のままに詩を綴った。

技法的な面に注目すると、内容の対立する言葉や似た言葉を並べる〈対句〉や、同じ言葉や表現を繰り返す〈反復法〉を用いて調子を整え、感動を強調する傾向が見られる。

夢二の詩は短詩が多く、使用している言葉は平易で、難解な漢字はほぼ見当たらず、ひらがなが多用されて親しみやすい。技巧に走らず、詩の意味するところも明瞭で、解読も比較的容易である。秋山清は夢二の詩を「読み易く、うたいやす」いが、「その抒情は現実につよい不満と不安を抱くものとして成立」(「夢二の詩について」『別冊週刊読売』第三巻第一号、一九七六年)すると解釈している。

続いて夢二の詩のエッセンスが、如実にあらわれる傾向がつよい〈少女詩〉〈童謡〉〈作曲された詩〉について解説を加えたい。

〈少女詩〉

〈少女詩〉とは、「作者自身が少女であって、少女としての感動をうたったもの」、「特殊の場合としては作者が少女以外の者であっても、少女のために少女の感動をうたったもの」(「少女詩」『令女詩歌集』一九三〇年)と定義されている。大正後期から昭和初期にかけて、少女雑誌の読者投稿欄では〈少女詩〉のコーナーが設けられ、西条八十、サトウ・ハチローをはじめとする詩人も〈少女詩〉を誌上で発表して、広く愛好されていた。

〝ゆめ・たけひさ〟のペンネームで、夢二は優しく美しい言葉で紡いだ詩を少女雑誌『少女画報』『少女世界』『令女界』等に寄稿した。作例で最も早いものは一九二〇(大正九)年に発表した「未知のかなたへ」(一六四ページ)が認められる。多くの〈少女詩〉は夢二の晩年、四十歳前後に書かれているが瑞々しさを失わず、甘くせつない表現は、自身が得意とした少女イラストレーションである〈抒情画〉にも通じている。多感な少女の心に寄り添い、思春期の感傷的な気分や恋心を汲み取りながら、ロマンチストな夢二は繊細な乙女心を書き表し、美しい挿絵を添えて少女たちにメッセージを送った。

〈童謡〉

夢二は児童雑誌を中心に、子供向けの詩を数多く発表し、子供たちが興味を抱きそうな自然現象や動植物、母子の交流などを題材にして、心温まる優しい詩を書き表した。創作に当たり、夢二は子供たちの心に響くような平易な言葉を選びつつ、オノマトペを効果的に用いて、さらに韻を踏みリズミカルに詩を作った。夢二は大正期に隆盛した「童謡運動」以前から創作に力を注ぎ、晩年もその意欲は衰えることはなかった。

英語圏で伝承された古いわらべ唄を集めた童謡集「マザーグース」は、一九二二(大正十一)年に北原白秋が翻訳して広く伝わったが、夢二はそれより十二年前の一九一〇(明治四十三)年に著書『さよなら』を皮切りにマザーグースを紹介、本書では『歌時計』に収録された「大きな音」(九五ページ)がその一つに数えられる。平辰彦の調査によると「二十九編」が夢二の著書に認められ、「うち同一の内容のものを整理してみると、夢二の『マザーグース』の訳で現在確認できるものは、十五編である（「日本における『マザーグース』受容の系譜——竹久夢二と北原白秋を中心に」『秋田経済法科大学経済学部紀要』第三十四号、二〇〇一年）と指摘している。夢二は紹介に当たりマザーグースからの出典と明記することなく、意訳することが多かった。それゆえに一般的には余り知られていないが、夢二はマザーグースの世界を独自の解釈で繰り広げた。

童謡創作に心を尽くした夢二は、童謡を普及する団体「童謡詩人会」に所属していた。『日本童謡集　一九二六年版』（童謡詩人会編、新潮社、一九二六年）の巻末に掲載された「童謡詩人会清規」によると、会員は四十三名を数え、夢二は審査編纂委員と実行委員の両方に名を連ねている（審査編纂委員は七名、実行委員は五名。いずれも夢二を含む）。審査委員には大正期の童謡運動で名を知られる北原白秋、西条八十、野口雨情も含まれ、錚々たるメンバーと夢二は活動を共にしていた。

〈作曲された詩〉

「宵待草」（六二ページ）は多忠亮《おおのただすけ》が作曲し、現代も歌い継がれる名曲だが、夢二の存命中に作曲された詩を数えると、四十五編が認められる。

このうち四十一曲は、大正時代にセノオ音楽出版社から楽譜として刊行され、現代でいうB4判に近いサイズの〝セノオ楽譜〟と、小型の〝セノオ新小唄〟というシリーズに大別できる。

〝セノオ楽譜〟は、セノオ音楽出版社が発行及び販売を手掛けた楽譜ピース(小曲一編だけを、紙片一枚程度に収めた楽譜)で、古今東西の名曲が数多収録され、大正時代の音楽界を賑わした。このシリーズより「宵待草」を含む夢二作詞の楽譜が二十四点刊行されたが、本書の「夏のたそがれ」(六四ページ)「街灯」(七九ページ)はそのセノオ楽譜にも収められている。夢二の詩は大正期の新進気鋭の作曲家である山田耕筰をはじめ、本居如月、多忠亮、澤田柳吉、成田為三、藤井清水、土屋平三郎、榊原直、宮原禎次に加え、セノオ音楽出版社の設立者であった妹尾幸陽によって曲が付けられた。また夢二作詞の楽譜は全て自身の手による表紙絵で飾られた。

妹尾幸陽は、夢二の歌(詩)を「みんな生々《いきいき》した物悲しい気分に満ちて居て、自然と、過ぎし日の思出を語るようで、なつかしい」(セノオ楽譜「もしや逢ふかと」奥付、一九一八年)と解説し、また「私はこうして、詩と曲と、而《そ》して画《え》とがリズムを為して生れて行くのを見るのを非常に喜びといたします」(セノオ楽譜「花をたづねて」奥付、一九二〇年)と自身の思いを書き残している。夢二の詩にメロディーをつけ、夢二の絵筆で楽曲のイメージを視覚化した表紙絵を伴い楽譜出版を実現させた、妹尾の特別な思い入れが感じられる。

〝セノオ新小唄〟は、短い楽曲の譜が収録された小型の楽譜シリーズで、夢二が全曲の表紙絵を装幀し、三十五編刊行された。このうち十七の楽譜で夢二の詩が起用され、すべて妹尾幸陽が作曲を担当している。本書では「けふ」(一〇七ページ)が新小唄の一編であるが、セノオ楽譜と同様に、自身の心情を投影したような感傷的な調べが特徴である。

他に作曲された夢二の詩は、雑誌を通じて紹介され、『令女界』では「風」(一七〇ページ、作曲/草川信)、「母」(作曲/小松耕輔)、「街の子」(作曲/草川信)の楽譜を製作して付録にし、『小学少年』は誌面見開きページで夢二の詩・挿絵「檜のさんぱつ」(作曲/室崎琴月)を曲譜と併せて掲載した。このように夢二が手掛けた詩は楽譜という形式で、雑誌という媒体からも発信され、身近な娯楽として親しまれた。

思いのほか夢二の詩には曲がつけられているが、その理由として、平明な言葉を用いて短くまとまっている小曲が多く、さらに対句や反復法を効果的に使用していることからも音楽性にも富み、作曲に向いていたと推測される。

詩史における夢二

一九二八(昭和三)年、雑誌『民謡詩人』第二巻第一号は「現代詩人自選号」の特集を

組み、当時活躍していた六十二人の詩人による、自選の詩が誌面を飾った。夢二もこの一人に名を連ね、本書に収録した「終」(一八七ページ)を含む六編が掲載されたが、大正期に形づくられた詩壇に夢二は属しておらず、詩を扱う専門誌への寄稿も見当たらない。

このような状況で、夢二は詩人としてどのように位置づけられていたかを知るため、明治・大正期の詩史を編集した書籍を調査した。『日本現代詩大系　第四巻』(矢野峰人編、河出書房、一九五〇年)は夢二の項を設け、著書『どんたく』より「宵待草」を含む三編の詩が書影や挿絵と共に掲載されている。この書籍以外では、詩書一覧や年表に夢二の名と著書名の一部を確認するだけに留るが、『日本新詩史』(福井久蔵著、立川書店、一九二四年)、『明治大正詩選』(詩話会編、新潮社、一九二五年)、『明治大正詩史概観』(北原白秋著、改造社、一九三三年)、『改訂増補　明治大正詩史　巻ノ下』(日夏耿之介著、創元社、一九四九年)の四冊に、夢二に関する記述が認められる。

こうした詩史におけるの評価をはるかにこえて、夢二の詩は、明治・大正期を生きた文学者や作曲家から愛好されていた。童謡詩人・達崎龍一は「詩人としての竹久夢二、歌人としての竹久夢二、散文家としての竹久夢二、そのどれもが皆堂々一家をなして、大家の格式を備え、またユニークな絵もどちらかと云えば文学的な香高い」(「竹久夢二氏の印象」『若草』第二巻第三号、一九二六年)と、文芸面での夢二を高く評価する言葉を残している。

雑誌『令女界』は夢二逝去直後に、哀悼企画として著名人によるメッセージ「哀しみの花束集」(『令女界』第十二巻第十一号、一九三四年)を掲載したが、その中には詩人としての夢二を惜しむものも散見される。

夢二さんの詩画集は少年の頃の僕にどれほど豊かな詩情をあたえてくれたか解らない。新しい感情や新しい世界も与えてくれた。(浅原六朗/小説家)

宵待草とか、どんたくとか、そんな詩を読んで、私はその絵と共に、随分長く愛好していた。(井上康文/詩人)

氏は画家であると同時に実に詩人でした。氏の画はその本来詩人の胸から凡て流れたものでした。(小松耕輔/作曲家)

竹久君は人として芸術家としてあまりに詩人でした。詩の神は物質の思悪と誘惑を拒絶します。竹久君の幸福も不幸もそこにあったと思います。しかし詩人として一生を終始した事は竹久君にとって満足であったでしょう。
（鈴木善太郎／小説家・翻訳家）

優れた画家で、よき詩人であった。
（山田耕筰／作曲家）

あの絵に付いた抒情詩には、どんなに影響されたでしょう。
（吉屋信子／小説家）

また西条八十は雑誌『少女倶楽部』で連載していた「私の好きな詩から」で亡き夢二を追慕して詩を二編紹介し、

あの人は、専門の絵のほかに、短いながら、心にのこる数々の詩を残してゆきました。
（「夢二の詩」『少女倶楽部』第十三巻第十二号　一九三五年）

と記述している。

＊

詩人・夢二は、自身の絵筆で詩に相応しい挿画を飾り、視覚と言語を融合させた表現を得意とした。また、日本画に画賛を入れた作品も数多く制作していたため、その詩は画家の一個性として受容されてきた部分が大きい。一方で日本近代の詩史や詩壇でほとんど記録に留められず、全集が編まれていない夢二は、これまで詩人という観点から余り多くを語られてこなかった。

そのような状況の中、平成という時代に夢二の詩の世界は、どのように受け入れられるだろうか。夢二が残した詩文のごく一部ではあるが、新たに編んだ本書が、時を越えて心に響く言葉と巡り合う契機となることを念じている。

最後に詩人と画家の表現という視点から、夢二が残した興味深い言葉を紹介したい。

自己の思想情緒感覚を文字にて表現するとき余は詩人なり。絵画の形式にて発想するとき余は美術家なり。その表現する一字一画が余の細胞の一末に相呼吸し相共鳴して作品をなすなり。されば余の作品は余の全人格にして単なる趣味技巧の末にあらざるなり。その名の詩人なると美術家なるとは余の係り知らざる所なり。

（「夢二画会の発起」『北陸タイムス』、一九一五年一月二十五日、句点は石川による補い）

心に映し出されたイメージを全身全霊で表現し続け、時には「詩人」時には「美術家」として作品に対峙した夢二は、形式に囚われることなく肩書きも無用であった。この言葉と並び、編集者・北村秀雄(『令女界』『若草』)が夢二の真髄を見極めた一文を残している。

詩を絵で描いた夢二画伯——いや寧ろ、一生を通じて詩を生活で描いた夢二画伯は、永遠にわが歴史と共にあり、若い心と共に生き続けるであろう。

(「夢の小径」『若草』第十巻第十号、一九三五年)

「詩を生活で描いた」人生を歩み、創り出された作品の数々は唯一無二の魅力に満ち溢れ、没後八十余年を経た今なお、夢二は異彩を放ち続けている。

石川桂子

二〇一六年七月

竹久夢二略年譜

明治十七年（一八八四）
九月十六日、岡山県邑久《おく》郡本庄村大字本庄１１９番に父・菊蔵《きくぞう》、母・也須能《やすの》の次男に生まれる。
本名・茂次郎《もじろう》。

明治二十四年（一八九一）　七歳
四月、明徳小学校に入学。

明治二十八年（一八九五）　十一歳
四月、邑久高等小学校に入学。

明治三十二年（一八九九）　十五歳
四月、神戸中学校に入学するが、在学八ヵ月で中退。
十二月、竹久一家は福岡県遠賀郡八幡村大字枝光９３１番に転居、夢二も同行。

明治三十四年（一九〇一）　十七歳
夏、家出して上京。

明治三十五年（一九〇二）　十八歳

この年、牛込区仲之町58の第一銀行監査役の土岐氏宅に書生として寄宿。

九月、早稲田実業学校に入学。

明治三十八年（一九〇五）　二十一歳

四月、同校専攻科に進学するが、四ヵ月で中退。

六月四日、竹久泊子の筆名で投稿した短文「可愛いお友達」が『読売新聞』日曜附録に掲載。

六月十八日、『直言』第二巻第二十号に「泊」の署名でコマ絵が掲載される（日露戦争に対する反戦思想が投影された画）。

六月二十日、〝夢二〟の名が初めて使用されたコマ絵「筒井筒」が第一賞に入選し『中学世界』第八巻第八号に掲載。

十月頃、牛込区神楽町3－6、上野方に居住。

十一月、小石川区小石川大塚仲町に居住。

十一月二十日、コマ絵「亥の子団子」が第一賞に入選し『中学世界』第八巻第十五号に掲載。

その後博文館の西村渚山に本欄に寄稿するように勧められて、投書家時代を終える。

明治三十九年（一九〇六）　二十二歳

一月、豊多摩郡西大久保255に居住。

八月、下谷区谷中初音町四丁目110に居住。

十月頃、小石川区雑司ヶ谷町75に居住。

十一月十日発行『少年文庫』壱之巻に、最初の詩「子守唄」が掲載。

桃栗三年夏いくさ、／村のお糸は器量よし／関東武士に見初められ／綾の手綱を貰うたが／帯にまわせばみぢかいし／襷にするには長いし、／馬にやろうかいーやいや／牛にやろうかいーやいや／奈良の地蔵の鉦の緒に／あげる途中で日が暮れた。

明治四十年(一九〇七)　二十三歳

一月、岸他万喜と結婚。

一月、牛込区宮比町4に居住。

四月、読売新聞社入社。

明治四十一年(一九〇八)　二十四歳

二月頃、小石川区小日向武嶋町12に居住。

二月二十七日、長男・虹之助《こうのすけ》出生。

七月頃、小石川区関口町140に居住。

十月頃、小石川区関口水道町66に居住。

明治四十二年(一九〇九)　二十五歳

五月、他万喜と協議離婚。

七月十六日、富士登山。翌月は他万喜を伴い登頂。

十一月、麴町区飯田町〈飯田館〉に居住。

十二月十五日、初の著作となる『夢二画集 春の巻』刊行。

明治四十三年(一九一〇)　二十六歳

一月、麴町区四番町1、倉島方に居住。

一月、再び他万喜と同棲。

二月十七日の日記に「若菜集をよむ。ゆへしらぬ泪せぐり来る、人々なつかし」と記載。

春、麴町区麴町山元町2－17に居住。

四月十九日、『夢二画集 夏の巻』刊行。

四～五月、京都、金沢に旅行。

五月二十日、『夢二画集 花の巻』刊行。

六月、絵葉書「月刊夢二カード」第一集が発売。

七月二十二日、『夢二画集 旅の巻』刊行。

八月、他万喜と千葉・銚子町海鹿島に過ごす。ここで「宵待草」のモデルとなった長谷川賢に出会い、恋心を抱く。

十月二十三日、『夢二画集 秋の巻』刊行。

十一月二十二日、『夢二画集 冬の巻』刊行。

十一月二十八日、『さよなら』刊行。

十二月十日、『絵物語　小供の国』刊行。

明治四十四年(一九一一)　二十七歳

一月二十四日、牛込区牛込東五軒町に居住。

二月二十五日、『夢二画集　野に山に』刊行。

三月二十六日、『絵ものがたり　京人形』刊行。

五月一日、次男・不二彦《ふじひこ》出生。

六月二十六日、『都会スケッチ』刊行。

六月末頃、荏原郡大森山王台2562に居住。

夏の終り頃、下谷区上野桜木町〈上野倶楽部〉に居住。

九月、「月刊夢二エハガキ」第一集が発売。以後毎月刊行されて102集まで続く。

十月一日、夢二主宰雑誌『桜さく国　白風の巻』刊行。

十一月二十一日、『夢二画集　都会の巻』刊行。

十一月、北原白秋詩集『思ひ出』(明治四十四年六月発行)を購入。※恩地孝四郎宛書簡より
十二月二十日、『コドモのスケッチ帖　活動写真にて』刊行。

明治四十五年(一九一二)　二十七歳

二月十四日、『コドモのスケッチ帖　動物園にて』刊行。

二月二十四日、『桜さく島　春のかはたれ』刊行。

三月二十一日、夢二主宰雑誌『桜さく国 紅桃の巻』刊行。

四月一日～八日、早稲田大学高等予科校舎で開催の「装飾美術展覧会」に出品。

四月二十四日、『桜さく島 見知らぬ世界』刊行。

六月一日発行『少女』第四巻第六号(女子文壇社発行)誌上に〃さみせんぐさ〃の筆名で「宵待草」の原詩を発表。

遣る瀬ない／釣鐘草の夕の歌が／あれ〳〵風にふかれて来る。／まてどくらせど来ぬ人を／宵待草の心もとなさ／『おもふまいとは思へども』／われとしもなきため涙。／今宵は月も出ぬさうな。

大正元年(一九一二)　二十八歳
夏、他万喜は大森から牛込喜久井町に移り、夢二も秋頃に他万喜の許に戻る。

十一月十九日～二十日、京都の展覧会に先駆けて東京・牛込喜久井町の自宅で「竹久夢二自宅展覧会」を開催。

十一月二十三日～十二月二日、京都府立図書館で「第一回夢二作品展覧会」開催。

十二月五日～八日、大丸呉服店(大阪・心斎橋)で「夢二作品展覧会」を開催。

大正二年(一九一三)　二十九歳
二月、豊多摩郡戸塚村源兵衛59に居住。
二月二十日～三月二十日、上野竹の台陳列館で開催の「第二回光風会展」に装飾画四点を出品。

五月十三日〜十七日、大丸呉服店(大阪・心斎橋)で「第三回夢二作品展覧会」を開催。

八月三日、大阪毎日新聞が実施した文化人アンケート「名家の嗜好」の回答が掲載、〝最も好まるゝ〟〝詩〟について「(北原)白秋の詩の或物」と記入。

九月、「夢二画会」が企画される。夢二の海外旅行の費用を作る目的であったが、外遊は第一次世界大戦等の理由で見送られる。

十月頃、豊多摩郡戸塚村戸山新道18に居住。

十一月五日、『どんたく』刊行、装幀は恩地孝四郎。「宵待草」が本書において、現在の詩形で発表される。

十一月二十日、三越で開催の「工芸美術展覧会」に出品。

十二月一日、『昼夜帯』刊行。

大正三年(一九一四)　三十歳
一月、他万喜と岡山に行き、大阪―京都―名古屋と旅行。

一月七日、『夢二絵手本』刊行。

一月十日〜十一日、カフェーパリ(岡山市)で「夢二作品展覧会(竹久夢二氏外遊記念展覧会)」を開催。

二月、豊多摩郡戸塚村源兵衛59に居住。

四月十日、『草画』刊行。

六月一日、敬文堂より刊行の楽譜「カチューシャの唄」を装幀、同七年にセノオ新小唄のシリーズに加わる。

七月中旬、福島ホテル(福島市)で、「夢二画会」開催。

十月一日、日本橋区呉服町に「港屋絵草紙店」開店。

十月二十一日、『縮刷 夢二画集』刊行。

十月二十六日～二十七日、港屋絵草紙店で「第一回港屋展覧会」を開催。

十一月、神田区千代田町28に居住。

大正四年(一九一五)　三十一歳

一月二十日、『草の実』刊行。

二月十日～十一日、小川温泉(富山・泊町)で「夢二画会作品展覧会」を開催。

三月七日、渦巻亭(富山市・桜木町)で「夢二作品展覧会」を開催。

四月一日、婦人之友社より『新少女』創刊、夢二は同誌の編集局絵画主任となる。

四月、豊玉郡落合村下落合丸山３７０に居住。

五月、昨年十月頃より港屋絵草紙店に来店し、交情を深めていた笠井彦乃と結ばれる。

六月頃、北豊島郡高田村雑司ヶ谷大原に居住。

八月五日、『夢二の絵うた』刊行(ただし夢二が編集に関わっていない可能性が高い)。

九月三日、『絵入歌集』刊行。

九月十日、『三味線草』刊行。

十二月二十日、『小夜曲』刊行。

大正五年（一九一六）　三十二歳
二月下旬、三男・草一《そういち》出生（戸籍では三月二十五日）。

三月五日、『ねむの木』刊行。

四月十八日、セノオ楽譜 No. 12「お江戸日本橋」の表紙絵を手がけ、以後２８０に及ぶこのシリーズの装幀を行う。

八月十五日〜十七日、池紋旅館（長野市）で「夢二作品展覧会」を開催。

八月十九日〜二十一日、旧壽楼（長野・上田町横町）で「夢二陳列会」を開催。

八月二十二日、『夜の露台』刊行。

八月二十四日〜二十五日、松本社交倶楽部（長野・松本市）で「夢二画会」を開催。

十月、豊多摩郡渋谷町大字下渋谷字伊達跡１８３６に居住。

十一月、京都へ移る。

十二月十三日、『暮笛』刊行。

大正六年（一九一七）　三十三歳
二月三日〜五日、四条倶楽部（京都市）で展覧会（名称不詳）を開催。
二月、兵庫・室津へ、次男・不二彦を連れて旅行。
四月、京都・高台寺南門鳥居脇に住まう。
四月十五日、『春の鳥』刊行。

五月二十二日の日記に「昨夜また眠られないのでおそくまで、(佐藤)緑葉の訳したハイデンスタムの詩をよんでゐた」と記載。

六月九日、作詞と表紙画を手掛けたセノオ楽譜No. 44「蘭燈」(作曲／本居如月)、No.45「春の宵」(作曲／本居如月)刊行。

六月、彦乃が上洛し、夢二と共に生活を始める。

八月三十日、作詞と表紙画を手掛けたセノオ楽譜No. 60「別れし宵」(作曲／本居如月)刊行。

八～九月、彦乃と不二彦を連れ、粟津温泉・金沢市・湯涌温泉等に旅行。

八月二十五日、藤屋旅館(金沢市)で「夢二画会」を開催。

九月十五日～十六日、金谷館(金沢市)で「夢二抒情小品画展覧会」を開催。

十二月二十二日～二十四日、小品堂(京都市)で「羽子板の会展覧会」を開催。

大正七年(一九一八)　三十四歳

一月二十五日～二十六日、北部基督教会(岡山市)で「竹久夢二抒情画小品展覧会」を開催。

二月三日、後楽園鶴鳴館(岡山市)で、「夢二作品展覧会」を開催。

三月四日、彦乃の父親が京都・高台寺の家に来て、彦乃を東京に連れ戻す。

三月六日～十日、べにや(大阪・松屋町)で「夢二小品画展」を開催。

四月十一日～二十日、京都府立図書館で「竹久夢二抒情画展覧会」を開催。

五月十八日～二十日、キリスト教青年会館(神戸市)で「竹久夢二抒情画展覧会」を開催。

七月十日、『青い船』刊行。

八〜九月、長崎旅行、永見徳太郎方に滞在。彦乃病臥、別府に入院。後に彦乃は父の手に奪い返される。

八月二十八日、作詞と表紙画を手掛けたセノオ楽譜 No. 94「涙」(作曲/山田耕筰)刊行。

九月二十日、作詞と表紙画を手掛けたセノオ楽譜 No. 106「宵待草」(初版のタイトルは「待宵草」、作曲/多忠亮)刊行。

九月二十四日、日名子旅館(大分・別府)で「竹久夢二画会」を開催。

十一月、東京に戻り、豊多摩郡中野町桐ヶ谷1030の恩地孝四郎方に居住。その後神田区駿河台下〈龍名館分店〉にしばらく滞在し、本郷区本郷菊坂町〈菊富士ホテル〉に移る。

十二月二十日、作詞と表紙画を手掛けたセノオ楽譜 No. 113「もしや逢ふかと」(作曲/澤田柳吉)刊行。

年末、彦乃が順天堂医院に入院。

大正八年(一九一九)　三十五歳

一月二十九日、作詞と表紙画を手掛けたセノオ楽譜 No. 114「雪の扉」(作曲/澤田柳吉)、No. 115「街燈」(作曲/澤田柳吉)、No. 118「ふるさと」(作曲/澤田柳吉)、No. 119「清怨」(作曲/成田為三)刊行。

二月十日、『山へよする』刊行。

三月十日、『露地の細道』刊行。

三月二十一日、『夜の露台』(改装版)刊行。

春頃、佐々木カ子ヨ（愛称、お葉）モデルとなる。

六月十五日〜二十一日、三越で「女と子供によする展覧会」を開催。

七月十三日、『歌時計』刊行。

八月十日、『夢のふるさと』刊行。

九月十二日〜十四日、福島県会議事堂で「竹久夢二抒情画展覧会」を開催。

十月十日、作詞と表紙画を手掛けたセノオ新小唄 No. 4「忘れし心」、No. 5「かへらぬ人」、No. 6「草の夢」、No. 7「約束」、No. 8「晩餐」、No. 9「けふ」、No. 10「やさしきもの」刊行、作曲は全て妹尾幸陽。

十月三十一日、『たそやあんど』刊行。

大正九年（一九二〇）　三十六歳

一月十六日、彦乃が順天堂医院にて死亡。享年二十五歳（満二十三歳）。

一月二十五日、作詞と表紙画を手掛けたセノオ楽譜 No.159「花をたづねて」（作曲／多忠亮）刊行。

五月三十日、作詞と表紙画を手掛けたセノオ楽譜 No. 178「紡車」（作曲／藤井清水）刊行。

七月十八日、作詞と表紙画を手掛けたセノオ楽譜 No. 188「わすれな草」（作曲／藤井清水）刊行。

八月十四日、作詞と表紙画を手掛けたセノオ新小唄 No. 26「岸辺に立ちて」、No.27「みちとせ」、No. 28「バルコン」、No. 29「越後獅子」、No. 30「残れるもの」、No. 31「カフェーの卓」、No. 32「心やり」、No. 33「雪の夜」、No. 34「青柳」、No. 35「きぬぎぬ」刊行、作曲は全て妹尾幸陽。

八月二十八日、作詞と表紙画を手掛けたセノオ楽譜 No.213「ふるさとの海」(作曲/藤井清水)刊行。

十月二十四日〜二十九日、十合呉服店(大阪・心斎橋)で「夢二作品展覧会」を開催。

十月二十五日、作詞と表紙画を手掛けたセノオ楽譜 No. 215「春のあした」(作曲/藤井清水)刊行。

十月三十日、『三味線草』(改装版)刊行。

大正十年(一九二一)　三十七歳
二月三日〜五日頃、宇八楼(山形・酒田)で「夢二画会」開催。
六月、お葉、東京・田端に家を持つ。菊富士ホテルを出た夢二もここに住む。
六月、お葉、北豊島郡滝野川町田端156に家を持ち、夢二もここに居住。
六〜七月頃、豊多摩郡渋谷町大字中渋谷字宇田川857でお葉と世帯を持つ。
七月二十五日、『青い小径』刊行。
八〜十一月、福島・会津等に長期旅行。
十月三十日〜十一月三日、福島美術倶楽部で「竹久夢二小品展覧会」を開催。

大正十一年(一九二二)　三十八歳

三月、山形県酒田に滞在。

四月二十五日、作詞と表紙画を手掛けたセノオ楽譜 No. 245「巷の雪」(作曲／土屋平三郎)、No. 246「たそがれ」(作曲／土屋平三郎)刊行。

八月、不二彦を伴い、富士登山。

十二月三十日、『あやとりかけとり』刊行。

大正十二年(一九二三)　三十九歳

一月十五日、『夢二画手本』1・2・3・4刊行。

五月一日、恩地孝四郎らと「どんたく図案社」結成発足の宣言文を発表。

五月二十五日、作詞と表紙画を手掛けたセノオ楽譜 No. 277「子守唄」(作曲／藤井清水)刊行。

八月二十日、『都新聞』に自身の挿絵を添えた小説「岬」を連載。(～十二月一日、ただし震災のため途中休刊及び休載が入る)

九月一日、関東大震災で、夢二は渋谷宇田川の家で震災に遭遇。被災した東京の街をスケッチして連日歩く。「どんたく図案社」の印刷を請け負っていた本所区緑町の金谷印刷所が壊滅し、実現をみなかった。

九月十四日、『都新聞』に「東京災難画信」を連載(～十月四日)。

十二月二十一日、『どんたく絵本1』刊行。

十二月二十三日、『どんたく絵本2』刊行。

大正十三年(一九二四)　四十歳

二月二十日、『どんたく絵本３』刊行。

六月二十五日、作詞と表紙画を手掛けたセノオ楽譜 No. 328「松原」(作曲／妹尾幸陽)刊行。

七月一日発行『小学少年』第六巻第七号に作詞と挿絵を手掛けた「檜の木のさんぱつ」(作曲／室崎琴月)掲載。

七月二十九日、作詞と表紙画を手掛けたセノオ楽譜 No. 338「草の夢」(作曲／榊原直)、No. 342「夏の黄昏」(作曲／妹尾幸陽)刊行。

八月一日発行『令女界』第三巻第八号に作詞と表紙画を手掛けた「母」(作曲／小松耕輔)が付録としてつけられる。

八月五日、荏原郡松沢村松原７９０にアトリエ付住宅「少年山荘」建設、この日が上棟式。

八月二十五日、作詞と表紙画を手掛けたセノオ楽譜 No. 348「露台」(作曲／妹尾幸陽)刊行。

九月一日、有島生馬と関東大震災から一年が経過した東京の街を見物。

九月十日、『恋愛秘語』刊行。

九月十日、『都新聞』に絵画小説「秘薬紫雪」を連載(～十月二十八日)。

十月一日発行『令女界』第三巻第十号に作詞と表紙画を手掛けた「風」(作曲／草川信)が付録としてつけられる。

十月二十八日、作詞と表紙画を手掛けたセノオ楽譜 No. 376「おつた」(作曲／宮原禎次)刊行。

十月二十九日、『都新聞』に絵画小説「風のやうに」を連載(～十二月二十四日)。

十一月三十日、作詞と表紙画を手掛けたセノオ楽譜 No. 352「かなしみ」(作曲／妹尾幸陽)刊行。

十二月二十九日、完成した新居「少年山荘」に引っ越しをする。

大正十四年（一九二五）　四十一歳

四月十日、『青い小径』（改装版）刊行。

五月、『流るゝまゝに』の装幀依頼を契機に、作家・山田順子と交渉を持つ。

七月、山田順子と、彼女の郷里・秋田を旅行後に別れる。

十一月一日発行『令女界』第四巻第十一号に作詞と表紙画を手掛けた「街の子」（作曲／草川信）が付録としてつけられる。

大正十五年（一九二六）　四十二歳

十月、松竹映画「お夏清十郎」の字幕意匠を担当、タイトル画を描く。

十一月二十四日、『露地の細道』（改装版）刊行。

十二月十五日、『童話集　春』・『童謡集　凧』刊行。

昭和二年（一九二七）　四十三歳

一月十五日、『夢二抒情画選集　上巻』刊行。

五月二日、『都新聞』に自伝絵画小説「出帆」を連載（〜九月十二日）。

五月十五日、『夢二抒情画選集　下巻』刊行。

昭和三年（一九二八）　四十四歳
一月一日発行『民謡詩人』第二巻第一号「現代詩人自選号」に、夢二の詩「晩餐」「紅酸漿」「山の宿」「川」「終」「手」計六編掲載。
一月一日、『露台薄暮』・『春のおくりもの』刊行。
六月下旬、黒部峡谷を旅行。

昭和四年（一九二九）　四十五歳
二月、山中温泉に旅行。

三月、伊香保へ旅行。

四月一日発行『若草』第四巻第十号掲載の文化人アンケート特集記事「愛誦詩集」について、フランシス・ジャムの「二つの嘆き」（堀口大学・訳）とサトウ・ハチロー「銀笛」の二篇を回答。

五月、草津から戸倉温泉へ旅行。

六月、赤城山へ躑躅見学。

昭和五年（一九三〇）　四十六歳
二月二十一日～二十三日、銀座資生堂で「雛によする展覧会」を開催。
五月、長野・松本へ行き、浅間温泉に滞在。

五月、「榛名山美術研究所建設につき」宣言文を発表。

六〜八月、会津・東山温泉、山形県五色温泉等に赴く。

八月五日、福ビル(福島市)で「竹久夢二滞福作品展覧会」を開催。

九月一日、『抒情カット図案集』刊行。

昭和六年(一九三一)　四十七歳
三月二十五日〜二十九日、新宿三越で「竹久夢二作品展覧会」を開催。

四月十日〜十二日、紀伊国屋書店(東京・新宿)で「竹久夢二氏送別産業美術的総量展覧会」を開催。

四月二十一日〜二十六日、京城三越(韓国・京城)で「竹久夢二氏作品展覧会」を開催。

四月二十三日〜二十九日、上野松坂屋で「竹久夢生告別展覧会」を開催。

四月二十五日、竹久夢二翁久允海外漫遊送別会がレインボーグリル(東京・日比谷)で行われる。

四月二十八日〜三十日、榛名山産業美術学校建設・夢二画伯外遊送別「舞踊と音楽の会」が群馬県前橋市・富岡町、高崎市などで催される。

五月三日、「若草を愛する会」主催の送別会が新宿の白十字階上にて行われる。

五月七日、横浜港から秩父丸にて出帆。

五月十四日、ハワイ・ホノルル着。

五月二十九日、龍田丸でアメリカ本土へ向かう。

六月三日、サンフランシスコ着。

八月九日〜十一月下旬、ポイント・ロボスの小谷家に病気療養のため滞在。

九月二十四日〜三十日、カーメルのセブンアーツギャラリーでの展覧会は不振に終わる。

昭和七年(一九三二)　四十八歳
二月十九日〜三月十二日、カリフォルニア大学ロサンゼルス校教育学部ビルで個展を開催。

三月十八日〜二十七日、オリンピックホテル(アメリカ・サンピードル)で個展を開催。

九月十日、サンピードル港より出港。

十月十日、ハンブルグ着。欧州各地を巡る。

昭和八年(一九三三)　四十九歳
一月初旬、ベルリンに移動。

二月末〜六月二十六日、ベルリンのイッテン・シューレで日本画講習会を開催。

八月十五日、ミュンヘンを汽車で発ち、ローマへ向かう。

八月十九日、ナポリ港より出港し、帰国の途へ。

九月十八日、神戸に入港。

十一月三日〜五日、台湾の警察会館で「竹久夢二画伯滞欧作品展覧会」を開催。帰国後病悪化して病臥。

昭和九年(一九三四)　四十九歳十一ヵ月

一月十九日、信州の富士見高原療養所の正木不如丘所長に迎えられ、特別病棟に入院。

三月十一日、最後の詩が日記にしたためられる。

病院の／食後三十分のしづかさ／死期を僅かに／のばした患者どもは／安心して／昼寝をしてゐるのであらう／看護婦どもも／制服をぬげば／ただの娘、手紙をかくす。／コック場の煙突を／ぬりかへよ／谷間の雪も／とけてながれる
五月一日発行『令女界』第十三巻第五号掲載エッセイ「仰げば青空・野は緑」にカール・ブッセ「山のあなた」(上田敏訳『海潮音』)を引用。

五月〜七月、ヘルペスのため、右手の自由を失う。

九月一日、午前五時四十分逝去。

九月五日、東京・麴町の心法寺で葬儀。戒名・竹久亭夢生楽園居士。

十月十九日、東京・雑司ヶ谷霊園で埋葬式が行われる。


(作成・石川桂子)

〔編集付記〕

一、本書を編集するにあたっては、目次中に明示した初出本を底本とした。
二、本書所収の挿画は、竹久夢二美術館(東京都文京区)所蔵の資料から複製した。
三、仮名づかいは、〈詩〉については旧仮名づかいのまま、〈エッセイ〉〈夢二の言葉〉については新仮名づかいとした。
四、難読と思われる漢字には、適宜振り仮名を付した。

(岩波文庫編集部)

竹久夢二詩画集《たけひさゆめじしがしゅう》

2016年9月16日　第1刷発行
2023年7月5日　第4刷発行

編　者　石川桂子《いしかわけいこ》

発行者　坂本政謙

発行所　株式会社　岩波書店
〒101-8002 東京都千代田区一ツ橋2-5-5

案内 03-5210-4000　営業部 03-5210-4111
文庫編集部 03-5210-4051
https://www.iwanami.co.jp/

印刷・精興社　製本・中永製本

ISBN 978-4-00-312081-1　Printed in Japan

読書子に寄す

——岩波文庫発刊に際して——

岩波茂雄

真理は万人によって求められることを自ら欲し、芸術は万人によって愛されることを自ら望む。かつては民を愚昧ならしめるために学芸が最も狭き堂宇に閉鎖されたことがあった。今や知識と美とを特権階級の独占より奪い返すことはつねに進取的なる民衆の切実なる要求である。岩波文庫はこの要求に応じそれに励まされて生まれた。それは生命ある不朽の書を少数者の書斎と研究室とより解放して街頭にくまなく立たしめ民衆に伍せしめるであろう。近時大量生産予約出版の流行を見る。その広告宣伝の狂態はしばらくおくも、後代にのこすと誇称する全集がその編集に万全の用意をなしたるか。千古の典籍の翻訳企図に敬虔の態度を欠かざりしか。さらに分売を許さず読者を繋縛して数十冊を強うるがごとき、はたしてその揚言する学芸解放のゆえんなりや。吾人は天下の名士の声に和してこれを推挙するに躊躇するものである。このときにあたって、岩波書店は自己の責務のいよいよ重大なるを思い、従来の方針の徹底を期するため、すでに十数年以前より志して来た計画を慎重審議この際断然実行することにした。吾人は範をかのレクラム文庫にとり、古今東西にわたって文芸・哲学・社会科学・自然科学等種類のいかんを問わず、いやしくも万人の必読すべき真に古典的価値ある書をきわめて簡易なる形式において逐次刊行し、あらゆる人間に須要なる生活向上の資料、生活批判の原理を提供せんと欲する。この文庫は予約出版の方法を排したるがゆえに、読者は自己の欲する時に自己の欲する書物を各個に自由に選択することができる。携帯に便にして価格の低きを最主とするがゆえに、外観を顧みざるも内容に至っては厳選最も力を尽くし、従来の岩波出版物の特色をますます発揮せしめようとする。この計画たるや世間の一時の投機的なるものと異なり、永遠の事業として吾人は微力を傾倒し、あらゆる犠牲を忍んで今後永久に継続発展せしめ、もって文庫の使命を遺憾なく果たさしめることを期する。芸術を愛し知識を求むる士の自ら進んでこの挙に参加し、希望と忠言とを寄せられることは吾人の熱望するところである。その性質上経済的には最も困難多きこの事業にあえて当たらんとする吾人の志を諒として、その達成のため世の読書子とのうるわしき共同を期待する。

昭和二年七月

《日本文学(現代)》〔緑〕

怪談 牡丹燈籠	三遊亭円朝
小説神髄	坪内逍遥
当世書生気質	坪内逍遥
アンデルセン 即興詩人 全二冊	森鷗外訳
ウィタ・セクスアリス	森鷗外
青年	森鷗外
雁	森鷗外
阿部一族 他二篇	森鷗外
山椒大夫・高瀬舟 他四篇	森鷗外
渋江抽斎	森鷗外
舞姫・うたかたの記 他三篇	森鷗外
鷗外随筆集	千葉俊二編
大塩平八郎 他三篇	森鷗外
浮雲	二葉亭四迷 十川信介校注
野菊の墓 他四篇	伊藤左千夫
吾輩は猫である	夏目漱石
坊っちゃん	夏目漱石
草枕	夏目漱石
虞美人草	夏目漱石
三四郎	夏目漱石
それから	夏目漱石
門	夏目漱石
彼岸過迄	夏目漱石
漱石文芸論集	磯田光一編
行人	夏目漱石
こころ	夏目漱石
硝子戸の中	夏目漱石
道草	夏目漱石
明暗	夏目漱石
思い出す事など 他七篇	夏目漱石
文学評論 全二冊	夏目漱石
夢十夜 他二篇	夏目漱石
漱石文明論集	三好行雄編
倫敦塔・幻影の盾 他五篇	夏目漱石
漱石日記	平岡敏夫編
漱石書簡集	三好行雄編
漱石俳句集	坪内稔典編
漱石・子規往復書簡集	和田茂樹編
文学論 全二冊	夏目漱石
坑夫	夏目漱石
二百十日・野分	夏目漱石
五重塔	幸田露伴
努力論	幸田露伴
一国の首都 他一篇	幸田露伴
渋沢栄一伝	幸田露伴
飯待つ間 —正岡子規随筆選—	正岡子規 阿部昭編
子規句集	高浜虚子選
病牀六尺	正岡子規
子規歌集	土屋文明編
墨汁一滴	正岡子規

仰臥漫録　正岡子規
歌よみに与ふる書　正岡子規
獺祭書屋俳話・芭蕉雑談　正岡子規
子規紀行文集　復本一郎編
正岡子規ベースボール文集　復本一郎編
金色夜叉　全二冊　尾崎紅葉
不如帰　徳冨蘆花
武蔵野　国木田独歩
愛弟通信　国木田独歩
蒲団・一兵卒　田山花袋
田舎教師　田山花袋
一兵卒の銃殺　田山花袋
あらくれ・新世帯　徳田秋声
藤村詩抄　島崎藤村自選
破戒　島崎藤村
春　島崎藤村
桜の実の熟する時　島崎藤村

夜明け前　全四冊　島崎藤村
藤村文明論集　十川信介編
生ひ立ちの記　他一篇　島崎藤村
島崎藤村短篇集　大木志門編
にごりえ・たけくらべ　樋口一葉
大つごもり・十三夜　他五篇　樋口一葉
修禅寺物語 正雪の二代目　他四篇　岡本綺堂
高野聖・眉かくしの霊　泉鏡花
歌行燈　泉鏡花
夜叉ケ池・天守物語　泉鏡花
草迷宮　泉鏡花
春昼・春昼後刻　泉鏡花
鏡花短篇集　川村二郎編
外科室・海城発電　他五篇　泉鏡花
鏡花随筆集　吉田昌志編
化鳥・三尺角　他六篇　泉鏡花
鏡花紀行文集　田中励儀編

俳句はかく解しかく味う　高浜虚子
俳句への道　高浜虚子
回想 子規・漱石　高浜虚子
有明詩抄　蒲原有明
上田敏全訳詩集　山内義雄・矢野峰人編
宣言　有島武郎
一房の葡萄　他四篇　有島武郎
寺田寅彦随筆集　全五冊　小宮豊隆編
柿の種　寺田寅彦
与謝野晶子歌集　与謝野晶子自選
与謝野晶子評論集　鹿野政直・香内信子編
私の生い立ち　与謝野晶子
つゆのあとさき　永井荷風
濹東綺譚　永井荷風
荷風随筆集　全二冊　野口冨士男編
摘録 断腸亭日乗　全二冊　永井荷風　磯田光一編
すみだ川・新橋夜話　他一篇　永井荷風

あめりか物語　永井荷風
下谷叢話　永井荷風
ふらんす物語　永井荷風
荷風俳句集　加藤郁乎編
浮沈・踊子 他三篇　永井荷風
花火・来訪者 他十一篇　永井荷風
問はずがたり・吾妻橋 他十六篇　永井荷風
斎藤茂吉歌集　山口茂吉・柴生田稔・佐藤佐太郎編
千鳥 他四篇　鈴木三重吉
鈴木三重吉童話集　勝尾金弥編
小僧の神様 他十篇　志賀直哉
暗夜行路 全二冊　志賀直哉
志賀直哉随筆集　高橋英夫編
高村光太郎詩集　高村光太郎
北原白秋歌集　高野公彦編
北原白秋詩集 全二冊　安藤元雄編
フレップ・トリップ　北原白秋

野上弥生子随筆集　竹西寛子編
野上弥生子短篇集　加賀乙彦編
お目出たき人・世間知らず　武者小路実篤
友情　武者小路実篤
銀の匙　中勘助
若山牧水歌集　伊藤一彦編
新編 みなかみ紀行　若山牧水・池内紀編
新編 啄木歌集　久保田正文編
吉野葛・蘆刈　谷崎潤一郎
卍（まんじ）　谷崎潤一郎
谷崎潤一郎随筆集　篠田一士編
多情仏心 全二冊　里見弴
道元禅師の話　里見弴
今年竹 全二冊　里見弴
萩原朔太郎詩集　三好達治選
郷愁の詩人 与謝蕪村　萩原朔太郎
猫町 他十七篇　萩原朔太郎・清岡卓行編

恋愛名歌集　萩原朔太郎
恩讐の彼方に・忠直卿行状記 他八篇　菊池寛
菊池寛戯曲集 父帰る・藤十郎の恋　石割透編
河明り 老妓抄 他一篇　岡本かの子
春泥・花冷え　久保田万太郎
大寺学校 ゆく年　久保田万太郎
久保田万太郎俳句集　恩田侑布子編
室生犀星詩集　室生犀星自選
犀星王朝小品集　室生犀星
室生犀星俳句集　岸本尚毅編
出家とその弟子　倉田百三
羅生門・鼻・芋粥・偸盗　芥川竜之介
地獄変・邪宗門・好色・藪の中 他七篇　芥川竜之介
河童 他二篇　芥川竜之介
歯車 他二篇　芥川竜之介
蜘蛛の糸・杜子春・トロッコ 他十七篇　芥川竜之介
侏儒の言葉・文芸的な、余りに文芸的な　芥川竜之介

芥川竜之介書簡集　石割透編
芥川竜之介随筆集　石割透編
蜜柑・尾生の信 他十八篇　芥川竜之介
年末の一日・浅草公園 他十七篇　芥川竜之介
芥川竜之介紀行文集　山田俊治編
田園の憂鬱　佐藤春夫
海に生くる人々　葉山嘉樹
葉山嘉樹短篇集　道籏泰三編
日輪・春は馬車に乗って 他八篇　横光利一
宮沢賢治詩集　谷川徹三編
童話集 風の又三郎 他十八篇　宮沢賢治　谷川徹三編
童話集 銀河鉄道の夜 他十四篇　宮沢賢治　谷川徹三編
山椒魚・遙拝隊長 他七篇　井伏鱒二
川釣り　井伏鱒二
井伏鱒二全詩集　井伏鱒二
太陽のない街　徳永直
黒島伝治作品集　紅野謙介編

伊豆の踊子・温泉宿 他四篇　川端康成
雪国　川端康成
山の音　川端康成
川端康成随筆集　川西政明編
三好達治詩集　桑原武夫　大槻鉄男選
詩を読む人のために　三好達治
中野重治詩集　中野重治
夏目漱石 全二冊　小宮豊隆
新編 思い出す人々　内田魯庵　紅野敏郎編
檸檬《レモン》・冬の日 他九篇　梶井基次郎
蟹工船 一九二八・三・一五　小林多喜二
富嶽百景・走れメロス 他八篇　太宰治
斜陽 他一篇　太宰治
人間失格・グッド・バイ 他一篇　太宰治
津軽　太宰治
お伽草紙・新釈諸国噺　太宰治
右大臣実朝 他一篇　太宰治

真空地帯　野間宏
日本唱歌集　堀内敬三・井上武士編
日本童謡集　与田準一編
森鷗外　石川淳
至福千年　石川淳
小林秀雄初期文芸論集　小林秀雄
近代日本人の発想の諸形式 他四篇　伊藤整
小説の認識　伊藤整
中原中也詩集　大岡昇平編
ランボオ詩集　中原中也訳
晩年の父　小堀杏奴
小熊秀雄詩集　岩田宏編
夕鶴・彦市ばなし 他二篇 —木下順二戯曲選Ⅱ　木下順二
元禄忠臣蔵 全二冊　真山青果
随筆滝沢馬琴　真山青果
旧聞日本橋　長谷川時雨
みそっかす　幸田文

古句を観る　柴田宵曲
俳諧随筆 蕉門の人々　柴田宵曲
新編 俳諧博物誌　柴田宵曲／小出昌洋編
随筆集 団扇の画　柴田宵曲／小出昌洋編
子規居士の周囲　柴田宵曲
小説集 夏の花　原民喜
原民喜全詩集
いちご姫・蝴蝶 他二篇　山田美妙／十川信介校訂
銀座復興 他三篇　水上滝太郎
魔風恋風 全二冊　小杉天外
柳橋新誌　成島柳北／塩田良平校訂
幕末維新パリ見聞記 成島柳北「航西日乗」・栗本鋤雲「暁窓追録」　井田進也校注
野火／ハムレット日記　大岡昇平
中谷宇吉郎随筆集　樋口敬二編
雪　中谷宇吉郎
冥途・旅順入城式　内田百閒
東京日記 他六篇　内田百閒

西脇順三郎詩集　那珂太郎編
大手拓次詩集　原子朗編
評論集 滅亡について 他三十篇　武田泰淳／川西政明編
山岳紀行文集 日本アルプス　小島烏水／近藤信行編
雪中梅　末広鉄腸／小林智賀平校訂
新編 東京繁昌記　木村荘八／尾崎秀樹編
新編 山と渓谷　田部重治／近藤信行編
日本児童文学名作集 全二冊　桑原三郎／千葉俊二編
山月記・李陵 他九篇　中島敦
眼中の人　小島政二郎
新選 山のパンセ　串田孫一自選
小川未明童話集　桑原三郎編
新美南吉童話集　千葉俊二編
岸田劉生随筆集　酒井忠康編
摘録 劉生日記　岸田劉生／酒井忠康編
量子力学と私　朝永振一郎／江沢洋編
書物　森銑三／柴田宵曲

自註鹿鳴集　会津八一
窪田空穂随筆集　大岡信編
窪田空穂歌集　大岡信編
奴隷 —小説・女工哀史1　細井和喜蔵
工場 —小説・女工哀史2　細井和喜蔵
鷗外の思い出　小金井喜美子
森鷗外の系族　小金井喜美子
木下利玄全歌集　五島茂編
新編 学問の曲り角　河野与一／原二郎編
林芙美子紀行集 下駄で歩いた巴里　立松和平編
放浪記　林芙美子
山の旅 全二冊　近藤信行編
酒道楽　村井弦斎
文楽の研究 全二冊　三宅周太郎
五足の靴　五人づれ
尾崎放哉句集　池内紀編
リルケ詩抄　茅野蕭々訳

ぷえるとりこ日記　有吉佐和子
江戸川乱歩短篇集　千葉俊二編
怪人二十面相・青銅の魔人　江戸川乱歩
少年探偵団・超人ニコラ　江戸川乱歩
江戸川乱歩作品集 全三冊　浜田雄介編
堕落論・日本文化私観 他二十二篇　坂口安吾
桜の森の満開の下・白痴 他十二篇　坂口安吾
風と光と二十の私と・いずこへ 他十六篇　坂口安吾
久生十蘭短篇選　川崎賢子編
墓地展望亭・ハムレット 他六篇　久生十蘭
六白金星・可能性の文学 他十一篇　織田作之助
夫婦善哉 正続 他十二篇　織田作之助
わが町・青春の逆説　織田作之助
歌の話・歌の円寂する時 他一篇　折口信夫
死者の書・口ぶえ　折口信夫
汗血千里の駒 坂本龍馬君之伝　坂崎紫瀾 林原純生校注
日本近代短篇小説選 全六冊　紅野敏郎・紅野謙介・千葉俊二・宗像和重・山田俊治編

自選 谷川俊太郎詩集
訳詩集 白孔雀　西條八十訳
茨木のり子詩集　谷川俊太郎選
大江健三郎自選短篇
M/Tと森のフシギの物語　大江健三郎
キルプの軍団　大江健三郎
石垣りん詩集　伊藤比呂美編
漱石追想　十川信介編
荷風追想　多田蔵人編
鷗外追想　宗像和重編
自選 大岡信詩集
うたげと孤心　大岡信
日本の詩歌 その骨組みと素肌　大岡信
詩人・菅原道真 —うつしの美学　大岡信
日本近代随筆選 全三冊　千葉俊二・長谷川郁夫・宗像和重編
尾崎士郎短篇集　紅野謙介編
山之口貘詩集　高良勉編

原爆詩集　峠三吉
竹久夢二詩画集　石川桂子編
まど・みちお詩集　谷川俊太郎編
山頭火俳句集　夏石番矢編
二十四の瞳　壺井栄
幕末の江戸風俗　塚原渋柿園 菊池眞一編
けものたちは故郷をめざす　安部公房
詩の誕生　大岡信 谷川俊太郎
鹿児島戦争記 —実録 西南戦争　篠田仙果 松本常彦校注
東京百年物語 一八六八〜一九〇九 全三冊　ロバート・キャンベル 十重田裕一 宗像和重編
三島由紀夫紀行文集　佐藤秀明編
若人よ蘇れ・黒蜥蜴 他一篇　三島由紀夫
三島由紀夫スポーツ論集　佐藤秀明編
吉野弘詩集　小池昌代編
開高健短篇選　大岡玲編
破れた繭 耳の物語1　開高健
夜と陽炎 耳の物語2　開高健

色ざんげ　宇野千代
老女マノン・脂粉の顔 他四篇　宇野千代
尾形明子編
明智光秀　小泉三申
久米正雄作品集　石割透編
次郎物語 全五冊　下村湖人
まっくら 女坑夫からの聞き書き　森崎和江
北條民雄集　田中裕編
安岡章太郎短篇集　持田叙子編

《東洋思想》〔青〕

易経 全二冊 高田真治・後藤基巳訳
論語 金谷治訳注
孔子家語 藤原正校訳
孟子 全二冊 小林勝人訳注
老子 蜂屋邦夫訳注
荘子 全四冊 金谷治訳注
新訂 孫子 金谷治訳注
荀子 全二冊 金谷治訳注
韓非子 全四冊 金谷治訳注
史記列伝 全五冊 司馬遷／小川環樹・今鷹真・福島吉彦訳
春秋左氏伝 全三冊 小倉芳彦訳
塩鉄論 曾我部静雄訳註
千字文 小川環樹・木田章義注解
大学・中庸 金谷治訳注
仁学 ―清末の社会変革論 譚嗣同／西順蔵・坂元ひろ子訳注
章炳麟集 ―清末の民族革命思想 西順蔵・近藤邦康編訳
梁啓超文集 岡本隆司・石川禎浩・高嶋航編訳
マヌの法典 田辺繁子訳
ガンディー獄中からの手紙 森本達雄訳
ウパデーシャ・サーハスリー ―真実の自己の探求 シャンカラ／前田専学訳

《仏教》〔青〕

ブッダのことば ―スッタニパータ 中村元訳
ブッダの真理のことば 感興のことば 中村元訳
般若心経・金剛般若経 中村元・紀野一義訳註
法華経 全三冊 坂本幸男・岩本裕訳注
日蓮文集 兜木正亨校注
浄土三部経 全二冊 中村元・早島鏡正・紀野一義訳註
大乗起信論 宇井伯寿・高崎直道訳注
臨済録 入矢義高訳注
碧巌録 全三冊 入矢義高・溝口雄三・末木文美士・伊藤文生訳注
無門関 西村恵信訳注
法華義疏 全二冊 聖徳太子／花山信勝校訳
往生要集 全二冊 源信／石田瑞麿訳注
教行信証 親鸞／金子大栄校訂
歎異抄 金子大栄校注
正法眼蔵 全四冊 道元／水野弥穂子校注
正法眼蔵随聞記 懐奘編／和辻哲郎校訂
道元禅師清規 大久保道舟訳注
一遍上人語録 ―付 播州法語集 大橋俊雄校注
南無阿弥陀仏 ―付 心偈 柳宗悦
蓮如上人御一代聞書 稲葉昌丸校訂
日本的霊性 鈴木大拙／篠田英雄校訂
新編 東洋的な見方 鈴木大拙／上田閑照編
大乗仏教概論 鈴木大拙／佐々木閑訳
浄土系思想論 鈴木大拙
神秘主義 キリスト教と仏教 鈴木大拙／坂東性純・清水守拙訳
禅の思想 鈴木大拙
ブッダ最後の旅 ―大パリニッバーナ経 中村元訳
仏弟子の告白 ―テーラガーター 中村元訳
尼僧の告白 ―テーリーガーター 中村元訳

- ブッダ 神々との対話 —サンユッタ・ニカーヤI— 中村元訳
- ブッダ 悪魔との対話 —サンユッタ・ニカーヤII— 中村元訳
- 禅林句集 足立大進校注
- ブッダが説いたこと ワールポラ・ラーフラ 今枝由郎訳
- ブータンの瘋狂聖 ドゥクパ・クンレー伝 ゲンドゥン・リンチェン編 今枝由郎訳
- 梵文和訳 華厳経入法界品 梶山雄一・丹治昭義・津田真一・田村智淳・桂紹隆 訳注

《音楽・美術》〔青〕

- ベートーヴェンの生涯 ロマン・ロラン 片山敏彦訳
- 音楽と音楽家 シューマン 吉田秀和訳
- レオナルド・ダ・ヴィンチの手記 全二冊 杉浦明平訳
- ゴッホの手紙 全三冊 硲伊之助訳
- ロダンの言葉抄 高村光太郎訳 高田博厚・菊池一雄編
- ビゴー日本素描集 清水勲編
- ワーグマン日本素描集 清水勲編
- 河鍋暁斎戯画集 山口静一・及川茂編
- 葛飾北斎伝 飯島虚心 鈴木重三校注
- ヨーロッパのキリスト教美術 —十二世紀から十八世紀まで— 全二冊 エミール・マール 柳宗玄・荒木成子訳

- 近代日本漫画百選 清水勲編
- 蛇儀礼 ヴァールブルク 三島憲一訳
- セザンヌ ガスケ 與謝野文子訳
- 日本洋画の曙光 平福百穂
- 映画とは何か 全二冊 アンドレ・バザン 野崎歓・大原宣久・谷本道昭訳
- 漫画 坊っちゃん 近藤浩一路
- 漫画 吾輩は猫である 近藤浩一路
- ロバート・キャパ写真集 ICPロバート・キャパ・アーカイブ編
- 北斎 富嶽三十六景 日野原健司編
- 日本漫画史 —鳥獣戯画から岡本一平まで— 細木原青起
- 世紀末ウィーン文化評論集 ヘルマン・バール 西村雅樹編訳
- ゴヤの手紙 全二冊 大高保二郎・松原典子編訳
- 丹下健三建築論集 豊川斎赫編
- 丹下健三都市論集 豊川斎赫編
- ギリシア芸術模倣論 ヴィンケルマン 田邊玲子訳
- 堀口捨己建築論集 藤岡洋保編

《歴史・地理》〔青〕

新訂 魏志倭人伝・後漢書倭伝・宋書倭国伝・隋書倭国伝 —中国正史日本伝1　石原道博編訳
新訂 旧唐書倭国日本伝・宋史日本伝・元史日本伝 —中国正史日本伝2　石原道博編訳
ヘロドトス 歴史 全三冊　松平千秋訳
トゥーキュディデース 戦史 全三冊　久保正彰訳
ガリア戦記　カエサル　近山金次訳
ランケ世界史概観 —近世史の諸時代　鈴木成高・相原信作訳
ランケ自伝　林健太郎訳
歴史とは何ぞや　ベルンハイム　坂口昂・小野鉄二訳
歴史における個人の役割　プレハーノフ　木原正雄訳
古代への情熱 —シュリーマン自伝　シュリーマン　村田数之亮訳
アーネスト・サトウ 一外交官の見た明治維新 全二冊　坂田精一訳
ベルツの日記 全二冊　トク・ベルツ編　菅沼竜太郎訳
武家の女性　山川菊栄
インディアスの破壊についての簡潔な報告　ラス・カサス　染田秀藤訳
ラス・カサス インディアス史 全七冊　長南実訳　石原保徳編
コロンブス 全航海の報告　林屋永吉訳

戊辰物語　東京日日新聞社会部編
大森貝塚 —付 関連史料　E・S・モース　近藤義郎・佐原真編訳
ナポレオン言行録　オクターヴ・オブリ編　大塚幸男訳
中世的世界の形成　石母田正
日本の古代国家　石母田正
平家物語 他六篇　石母田正　高橋昌明編
クリオの顔 歴史随想集　E・H・ノーマン　大窪愿二編訳
日本における近代国家の成立　E・H・ノーマン　大窪愿二訳
旧事諮問録 —江戸幕府役人の証言 全二冊　旧事諮問会編　進士慶幹校注
朝鮮・琉球航海記 —一八一六年アマースト使節団とともに　ベイジル・ホール　春名徹訳
アリランの歌 —ある朝鮮人革命家の生涯　ニム・ウェールズ　キム・サン　松平いを子訳
さまよえる湖 全二冊　ヘディン　福田宏年訳
老松堂日本行録 —朝鮮使節の見た中世日本　宋希璟　村井章介校注
十八世紀パリ生活誌 —タブロー・ド・パリ 全二冊　メルシエ　原宏編訳
北槎聞略 —大黒屋光太夫ロシア漂流記　桂川甫周　亀井高孝校訂
ヨーロッパ文化と日本文化　ルイス・フロイス　岡田章雄訳注
ギリシア案内記 全二冊　パウサニアス　馬場恵二訳

西遊草　清河八郎　小山松勝一郎校注
オデュッセウスの世界　フィンリー　下田立行訳
東京に暮す —一九二八〜一九三六　キャサリン・サンソム　大久保美春訳
ミカド —日本の内なる力　W・E・グリフィス　亀井俊介訳
増補 幕末百話　篠田鉱造
幕末明治 女百話 全二冊　篠田鉱造
トゥバ紀行　メンヒェン＝ヘルフェン　田中克彦訳
徳川時代の宗教　R・N・ベラー　池田昭訳
ある出稼石工の回想　マルタン・ナド　喜安朗訳
植物巡礼 —プラント・ハンターの回想　F・キングドン-ウォード　塚谷裕一訳
モンゴルの歴史と文化　ハイシッヒ　田中克彦訳
ダンピア 最新世界周航記 全二冊　平野敬一訳
ローマ建国史 全三冊（既刊上巻）　リーウィウス　鈴木一州訳
元治夢物語 —幕末同時代史　馬場文英　徳田武校注
フランス・プロテスタントの反乱 —カミザール戦争の記録　カヴァリエ　二宮フサ訳
ニコライの日記 —ロシア人宣教師が生きた明治日本 全三冊　中村健之介編訳
徳川制度 全三冊・補遺　加藤貴校注

岩波文庫の最新刊

三木　清著
構想力の論理 第一

パトスとロゴスの統一を試みるも未完に終わった、三木清の主著。〈第一〉には、「神話」「制度」「技術」を収録。注解＝藤田正勝。(全二冊)
〔青一四九-二〕　定価一〇七八円

ジュリアン・グリーン作／石井洋二郎訳
モ　イ　ラ

極度に潔癖で信仰深い赤毛の美少年ジョゼフが、運命の少女モイラに魅入られ……。一九二〇年のヴァージニアを舞台に、端正な文章で綴られたグリーンの代表作。
〔赤N五二〇-一〕　定価一二七六円

バジョット著／遠山隆淑訳
イギリス国制論 (下)

イギリスの議会政治の動きを分析した古典的名著。下巻では、政権交代や議院内閣制の成立条件について考察を進めていく。第二版の序文を収録。(全二冊)
〔白一二二-二〕　定価一一五五円

大泉黒石著
俺の自叙伝

ロシア人を父に持ち、虚言の作家と貶められた大正期のコスモポリタン作家、大泉黒石。その生誕からデビューまでの数奇な半生を綴った代表作。解説＝四方田犬彦。
〔緑二二九-一〕　定価一一五五円

……今月の重版再開……

川合康三選訳
李　商　隠　詩　選

定価一一〇〇円
〔赤四二-一〕

鈴木範久編
新渡戸稲造論集

定価一一五五円
〔青一一八-二〕